Ostende 1936
Sommer der Freundschaft

奥斯坦德1936

[德]福尔克尔·魏德曼————著
郭力————译

Volker Weidermann

中信出版集团·北京

图书在版编目（CIP）数据

奥斯坦德 1936 /（德）福尔克尔·魏德曼著；郭力译. -- 北京：中信出版社，2017.8
ISBN 978-7-5086-7630-2

I. ① 奥… II. ① 福… ② 郭… Ⅲ. ①传记文学－德国－现代 Ⅳ. ① I516.55

中国版本图书馆 CIP 数据核字（2017）第 108109 号

Ostende, 1936, Sommer der Freundschaft by Volker Weidermann

奥斯坦德 1936

著　　者：[德] 福尔克尔·魏德曼
译　　者：郭　力
出版发行：中信出版集团股份有限公司
（北京市朝阳区惠新东街甲 4 号富盛大厦 2 座　邮编　100029）
承 印 者：上海盛通时代印刷有限公司

开　　本：787mm × 1092mm　1/32　　印　　张：6.5　　字　　数：91 千字
版　　次：2017 年 8 月第 1 版　　印　　次：2017 年 8 月第 1 次印刷
京权图字：01-2017-3497　　广告经营许可证：京朝工商广字第 8087 号
书　　号：ISBN 978-7-5086-7630-2
定　　价：45.00 元

去海边，进小酒馆，会那个朋友去吧。
奥斯坦德的 7 月，爱的夏天。

§

此时正值夏季。海滩上，五颜六色的小木棚在阳光下闪着光亮。奥斯坦德一条宽敞的林荫大道旁，一座白房子的三楼，斯蒂芬·茨威格[1]正坐在包厢式阳台里，面朝大海。这是他一直梦想的：在夏日，一边写作，一边望入这空阔辽远。他的楼上，住着秘书洛特·奥特曼（Lotte Altmann），他们已相爱两年。一会儿，她会带着打字机下来，他会接着口述他的传奇故事。只是这故事总会在一个地方停下来，在那里他不知道该怎样继续讲下去。这种情形出现有几个星期了。

[1] 斯蒂芬·茨威格（Stefan Zweig，1881—1942），奥地利犹太裔作家。——译者注

也许约瑟夫·罗特[1]知道其中的缘由。过一会儿就像这个夏天的每个下午，他会在小酒馆见到这位老友。或者，知道其中缘由的，会是其他人中的一位，是某一讥讽者、某一斗士、某一嘲弄者、某一恋爱中人、某一运动员、某一贪杯者、某一高谈阔论者，或某一默默不语的观察家。这些“其他人”正坐在下面，在奥斯坦德这条林荫大道上，翘首期待着有一天能够重返故园。这样的问题每天都会让他们绞尽脑汁：为让这个世道变变模样，他们究竟能做些什么。他们希望局势转变，那样的话，他们又可以回到土生土长的祖国；那样的话，他们日后还可作为宾客再回到这海滩上来度假。可如今，他们却是这度假胜地的流亡者。这些人就是看似永远快活的赫尔曼·凯斯滕[2]，布道士埃贡·埃尔温·基

[1] 约瑟夫·罗特（Joseph Roth，1894—1939），奥地利作家。——译者注

[2] 赫尔曼·凯斯滕（Hermann Kesten，1900—1996），德国作家。——译者注

施[1]，维利 · 明岑贝格[2]，香槟女王伊姆加德 · 科伊恩[3]，游泳健将恩斯特 · 托勒[4]，还有“战略家”亚瑟 · 库斯勒[5]。他们既是朋友，又是“敌人”，他们都是被这年 7 月心血来潮的世界政局，抛到这海滩上的流亡者，都是要抗拒世界败落的倾诉者。

这是 1936 年的夏天。透过大窗眺望大海的茨威格，想到自己也将加入这些流亡者的行列，心中喜忧参半，百感交集。直至几年之前，他的生命还正勃勃怒放，备受推崇、钦佩与倾慕。现在，他却感到害怕，他感到自己遭受着无数义务、无数无形桎梏的束缚。没有什么解决方案，没有什么可以依靠。

---

[1] 埃贡 · 埃尔温 · 基施（Egon Erwin Kisch，1885—1948），捷克德文作家。——译者注

[2] 维利 · 明岑贝格（ Willi Münzenberg，1889—1940），德国作家。——译者注

[3] 伊姆加德 · 科伊恩（Irmgard Keun，1905—1982），德国作家。——译者注

[4] 恩斯特 · 托勒（Ernst Toller，1893—1939），德国重要的剧作家。——译者注

[5] 亚瑟 · 库斯勒（Arthur Koestler，1905—1983），匈牙利裔英国作家。——译者注

不过，还有这个夏季，还有这个一切都该再来一次转变的夏季。转变该在这里发生，就在这个点缀着座座壮丽白房的超宽的大路旁边。这里还有一个大赌场——那是一座令人惊诧的幸运宫殿。这里，弥漫着假日气息，松散、休闲。这里，晃动着冰激凌和阳伞。微风徐徐，拂过五颜六色的小木棚。

*

他第一次来这里时，已是很久以前了。1914 年的不幸正始于此，始于这条海滨大道上报童带来的消息。那时报童们每日在路上高声喊叫，又激动又兴奋，他们在干着他们认为的人生大事。

报纸大多让度假的德国人买走了。男孩儿们高喊的头条新闻是:“俄国公然挑衅奥地利”，“德国开始备战动员”。茨威格——脸色白皙，衣着考究，戴着细框眼镜——也乘有轨电车前来，他想及时读到最新消息。这些新闻对他犹如电击，令他欢欣鼓舞，兴奋不已。他当然知道，所有的兴奋会很快让位于宁静。只是那时候，他只想好好享受那份激动。他激动，是因为有发生重大事件的可能，有战争的可能，有世界动荡的可能，有未来发生巨变的可能。当他打量他比利时朋友的面孔时，他更是心中欢喜。最近几天，那些比利时人变得脸色苍白，他们不打算参与这个游戏。看上去他们对整个事件非常看重。斯蒂芬·茨威格笑了。他笑那些出现在海滨大道、显得势单力薄的比利时士兵队列，笑那只身后拖着载枪小车的小狗，笑他的朋友们一脸神圣的担忧。

他认为，他们什么都不用担心。他认为，比利时是一个中立国家，德国和奥地利永远不会入侵中立国。“如果德军开到这里，你们可以把我吊在这路灯上。”他对那些朋友说。可他们依然疑虑重重，脸色一日暗于一日。

他的那个比利时，突然间哪里去了？那个生机勃勃、充满力量、精力旺盛、生活底蕴深厚的国度，那里有着别样的丰富多彩的生活。这就是他爱这个国家、爱这片海滨的原因。也正因为这种热爱，他成为这个国家尊崇的最伟大的作家。

埃米勒·维尔哈伦[1]是茨威格生命中第一个精神挚爱。他是茨威格作为一个年轻人找到的第一个无可挑剔的倾慕对象。维尔哈伦的诗让斯蒂芬·茨威格受到前所未有的震撼。他正是借鉴这些诗歌，培养出了自己的风格：先模仿，后进行再创作，然后将之译成德文。正是他，将维尔哈伦介绍到德国和奥地利。1913年，茨威格在德国岛屿出版社出版了一部介绍并赞颂他的书。他在书中写道："如今是评价维尔哈伦的时候了。在触摸时代脉搏，于创作中表达自觉感受，并在创作中塑造生活的当代作家当中，他应是最了不起的，也许还是独一无二的。他是第一位以无与伦比的热忱及无与伦比的艺术形式，用诗歌诗化了我们时代的诗人。"

正由于维尔哈伦的激情，他对生活的热爱，他对世界的信赖，这年6月底，斯蒂芬·茨威格来到了比利时的这片海滨。他对维尔哈伦钦佩有加，想

[1] 埃米勒·维尔哈伦（Émile Verhaeren，1855—1916），比利时法语诗人、作家。——译者注

要亲眼见见这位他翻译成德文的原著的作者。比如他翻译的一首诗叫《激情》，开头几句是这样的：

如果出自内心最深处的虔信
我们彼此不懈地给予钦佩，
那么你们
思想家、作家
就会成为为新时代寻找新形式的大师。

这是对生活的颂歌，是梦一般的美景。用开朗的目光不懈地将世界打量，直到她完全通过自己亮堂起来，变得像诗句中所赞誉的模样。此等对世界的爱，此等狂热，是需要努力来争取的，可它又很难产生于黑暗的现实中。

我爱我热切的目光、我的大脑和我的神经，
在内心，在温声细语中的血肉之躯，
我爱人类及世界，并钦羡
那个，

将我的力量馈赠般投入天宇的力量。

生命只意味着：获取，又挥霍，
只有渴望之兽将我激励，
它们贪婪地站在那里，喘息着，节制着，
面对着生活，以及如熊熊火焰般的智慧。

维尔哈伦和茨威格，这两个渴望之兽就这样找到了对方。年轻的奥地利人兴奋地期待着与这位大师的会面。

刺杀奥匈帝国皇位继承人的事件并未影响他的旅行计划。安全范围内的世界显得一如既往的平和安宁。茨威格已经历过些许危机，他相信这次也会如同以往。都会过去的，会不留痕迹地消逝，就像直至今日的整个生活。

本来安排在 8 月 2 日见面，结果他们还是提前会面了。茨威格去布鲁塞尔，在画家康斯坦特·蒙塔尔德（Constant Montald）的工作室做模特时，维尔哈伦也刚好造访，他们马上热情地相互问候、交谈起来。在这位大胡子比利时人看来，茨威格的过分狂热有些可怕，不过他仍让自己保持愉快。他们希望能很快再次见面，希望能海阔天空无所不谈，谈新诗、新剧本，谈爱情，也谈新结识的女人——那是茨威格喜欢的话题。

见这位年轻的奥地利人如此热忱，维尔哈伦提议，他们再见面之前，茨威格可以到北边的奥斯坦德去见他的一位朋友。维尔哈伦介绍道，这位朋友有些奇特。他站在家乡小城房顶上吹笛子时，很乐意别人为他拍照；他是画家，还是做面具的手艺人，他甚至喜画漫画。不过到目前为止，他其实一点都不成功。他的第一次作品展，是在一位朋友的地毯专卖店举行的。每年他还会举办一次假面舞会，到那时，他和他的朋友们会盛装穿城而过。他将这假面舞会称为“鼠精舞会”[1]。每年都有很多人参加。

---

[1] 鼠精舞会，这个名称也许是受到格林童话《吹笛捕鼠人》故事的启发：传说德国哈默尔恩城曾鼠多成灾，一男子声称只要他能得到报酬，他就上街吹笛，老鼠听到笛声会纷纷尾随其后。——译者注

维尔哈伦的这位朋友叫詹姆斯·恩索尔[1]。维尔哈伦将他的地址及一份引荐信交给茨威格。

茨威格去了，找到滨海大道后面恩索尔母亲的商店。她的店里出售狂欢节面具、贝壳、干海星、水手画像等商品。那是一座窄形房子，一楼有很大的玻璃橱窗，透过橱窗可看见里面挂在透明线绳下方的那些奇特商品。茨威格走了进去，她说儿子在楼上，是的，尽管上去就是。走道狭窄昏暗，铺着红地毯。楼梯墙壁上挂着各种各样幸灾乐祸讪笑的面具。他走过一间小厨房，看见炉子上放着红色搪瓷锅，水龙头滴着水。楼上一名男子正坐在钢琴旁，戴着鸭舌帽，轻声弹着琴，看上去好像周围什么都没有发生。钢琴上方的墙上挂着一张巨幅画作，上面挤着数不清的戴着奇异面具的人，正向不明目标行进。他们被艺术化的脸，出奇地鲜艳，人人顶着一个大鼻子，目光空洞。这是戴着面具的死亡舞会，

[1] 詹姆斯·恩索尔（James Ensor，1860—1948），比利时画家。——译者注

是对死亡的民间祭奠，是集体狂欢。茨威格看呆了。这不是他要见的比利时人。这里住着死鬼，他在这儿受着敬重。一张圆桌上，花瓶里插着一大束落满尘土的草。壁炉的右边，还放有一个绘有中国画的花瓶，画上是一个没有牙的骷髅头，咧嘴笑着，头上顶着一个女士帽，帽子上斜插着干花。

弹钢琴的人继续弹着，嘴里还哼着歌。茨威格站了一阵儿，好像麻木了，然后他转身走下狭窄的红楼梯，穿过贝壳商店，走到阳光下的大街，走回光明。他要离开这里，想尽快回到无所忧虑之中，想吃点什么，找回自己。

很快他找到陪他前来的女士。她叫玛塞乐（Marcelle），是个非凡的女人。但不结婚，上帝明鉴，她凭什么非得结婚，结婚是小说里的事，是日后可能会写的故事，是生活中突然出现的意想不到的强音，是忽而上飘、忽而下落、倏忽间翻江倒海的激情，是斯蒂芬·茨威格式的故事，是经历过的、留待讲述的。

他的情人弗里德里克·玛利亚·冯·温特尼

茨[1]，当时留在奥地利家里了。她对他无所要求，也不能有所要求，因为她是另一个男人的妻子。她在信中对在奥斯坦德的茨威格写道，他应与小女友好好玩儿，美美享受夏日。这样，在以后的岁月里，只要茨威格想到“夏日”这个词，就会想到1914年那个难忘的夏天。想到那两个女人，想到阳光、海水、空中的风筝，想到那些来自世界各地的海滨度假客、那些令人敬重的作家，以及渐渐空荡的海滩。

德国度假客最先离开了这个国家，随后是英国人。茨威格没有走，他的兴奋在增长。7月28日奥地利对塞尔维亚宣战，在与俄国的交界处，重兵压阵。现在斯蒂芬·茨威格也该慢慢意识到事态严重了。于是他买下7月30日离开奥斯坦德的特快车车票。这是这年夏天最后一列由比利时驶往德国方向的火车。

[1] 弗里德里克·玛利亚·冯·温特尼茨（Friderike von Winternitz，1882—1971），奥地利作家。1912年结识茨威格，1914年同第一位丈夫离婚。1920年同茨威格结婚，1938年离婚。——译者注

所有车厢都坐满了人，连过道也站满了。每人听到的传闻都不相同，每个版本都被认为是可信的。渐渐驶近德国边境时，火车突然停在空荡荡的轨道上。斯蒂芬·茨威格看到一列列反向驶来的运货列车，上面覆盖着防水油布，下面依稀露出火炮外形，这时他才开始明白，他们这列火车将驶向何处。是要驶向战争的，驶向那个现在已不可阻挡的战争。

*

斯蒂芬·茨威格内心翻腾起来。他当即行动，要将所有的一切，快速确切地记入日记，他又恢复写日记了。他无法入睡，浑身发抖。他写道："我完了，什么也吃不下，精神恍惚。"8月3日还未报名入伍时，面对自己的朋友，他羞愧万分。连霍夫曼斯塔尔[1]都入伍了。他尤其在女人面前感到

[1] 霍夫曼斯塔尔（Hofmannsthal，1874—1929），奥地利作家。——译者注

羞愧。他能感受到她们的目光。她们的眼睛好像在问，年轻人，你还在这儿做什么。对此，他自己也不知道。

他在家里的写字台上服兵役，在报纸上他描写了他的归乡之路，踏入战争之行。在日记中，他为自己辩护道，文章中只有最后几行有些谎言。他在给报纸的文章里这样写道："我的面前，维也纳从未显得这样可爱过……能刚好在这一时刻找到通向她的道路，我感到非常高兴。"在日记中他写的则是："7 月 31 日我抵达那里时，维也纳一片惊惶。人们站在征兵令前，几小时几小时地流连忘返，那个征兵令的德文糟透了，完全令人不知所云。晚上，有些人想搞些狂热名堂，战争协会什么的，可听上去已很沉闷。"

那个小谎言，就是战争。真相死了。

然而，茨威格仍然相信他在德国和奥地利报纸上读到的每一个字：德国水井遭投毒，手无寸铁的德国人被押到墙根下击毙。接着，8 月 4 日出现的新闻，对他犹如晴空霹雳：德国人挺进比利时！这是疯狂，还是创举？他简直不敢相信，它进行得如此一帆风顺。德国和奥地利要与整个世界较量。茨威格却只想睡觉，最好能睡半年，避开见证此等败落。他浑身发抖，但不是为他比利时的朋友，不是为德国军队因为要挺进巴黎而进驻的那个小小的中立国家。不是为他的比利时，为那个充满活力、各族人民和平共处、懂得生活之乐、感性之乐的美好国度；一年前他曾在他关于维尔哈伦的书中，将这个国家誉为真正欧洲的化身。几百年来她英勇无畏，抵御了所有外来入侵。“那时他们只想维护他们开朗明畅的生活，拥有自由及酒神般的享乐，保卫比利时意义下的帝国，要将他们的超然为度。他们的生活取得了成功。”这是他曾经的比利时。这个国家对他早就无所谓了。现在茨威格只为德国发抖，为奥地利发抖。

他疾步走在维也纳的大街小巷，搜寻新消息、新传闻，希望得到德国军队新的捷报。忽然听说国防部马上要发布一次胜利喜讯，他连忙同成百上千的维也纳人蜂拥前往。他们从闪着灯光的窗户里探头探脑，活像无数只黑夜中的昆虫。不过还是没有捷报。注定又是一个彻夜无眠的夜晚。

斯蒂芬·茨威格要参军。他蓄起胡子，要显得坚定，有野性，他做好了参战准备。德国入侵比利时的那天，他写好了遗嘱。从自己银行的保险柜里取出一大笔钱。在日记中他写道："德国的胜利无比辉煌！"他为此热烈地欢呼叫好。他写道："终于能喘上一口气了！"他是多么羡慕在柏林举行庆功大会！

很多年后，当他已成为享誉世界的作家、和平主义者，又有了其他世界末日般的经历后，他在回忆录《昨日的世界》(*Die Welt von Gestern*)中写道，尽管厌恶战争，可那年8月的那一天，他还是不想错过。那一天，一切都被破坏了，永远地、无可挽回地被破坏了。但，那是一个重要时刻。"成千上万的人都感到：他们是集体，这是他们从未有过的感觉，本来这种感觉他们最好应在和平时代拥有。"

茨威格向伊达·戴麦尔写信表达敬意，她的丈夫理查德·戴麦尔(Richard Dehmel)，是积极赞同战争的德国作家。他不仅在开战最初的日子里就上了战场，还在书桌上写下了火爆激越的德意志民族主义战争诗歌。茨威格给戴麦尔太太写道："就算这个国家的毁灭，意味着我们民族永恒美好追求的终结，但单是这些诗歌就能让我们为风险及所有内在困境心怀感激。"

然而，另外一方写的诗，却是灾难。那是 11 月 9 日。茨威格在日记中写道："我的小灾难。"因为他的导师、父亲、榜样，他的比利时忘年交维尔哈伦也写了诗。德国和奥地利的一些左派报纸纷纷登载了他的诗，为向民众发出警示。这些翻译成德文发表的比利时诗，第一次不是由茨威格翻译。对于维尔哈伦要书写战争的计划，茨威格本来有所了解。并通过他们共同的朋友罗曼·罗兰（Romain Rolland），向他恳求过，"诗句只有以事实为根据，才会流传长久，信息才具可信性。"然而，维尔哈伦将听到的所有德国暴行，变成了诗句。处女遭强奸，乳房被割掉，德国士兵的口袋里露出砍下的儿童的小脚。这位茨威格敬仰的颂扬生活的诗人，赋予一切画面以诗的韵脚。

谁是法兰德斯[1]的证人，啊，太阳多么悲伤，
为火中的女人，为成灰的城镇，
为漫长的恐怖，为残暴的罪行，
这一切正为日耳曼虐待狂所垂涎、渴望。

茨威格惊呆了，这就是他将所有的爱、所有的敬重赠予的人。写下这些诗行者，跟那个向他展示最美好欧洲的，是同一个人。他曾教诲他："只有完美的人才能是一个好作家。"茨威格绝望地问自己，是不是一切都错了——他的生活基础，他的翻译及创作的基础。

最糟糕的是，这些比利时诗作是对野蛮的控诉。这里宣称，在这个德国战争中，并不是一切都按照尊贵的文明法规进行。战争，在茨威格的想象中，是英雄壮举和牺牲精神，是必要的，是好事。即便

[1] 法兰德斯（Flandern），比利时北部地区。——译者注

是敌人，也要展现良好风度。“作为军官，如果我获准策马面对有文明修养的敌人，那会是我最大的幸运。”这位维也纳纺织品制造商的儿子，在给他德国出版商基彭贝格（Kippenberg）的信中这样写道。茨威格对战争的想象很浪漫。那里有一位马鞍上佩剑的骑士，他举止优雅，面对着举止文明的敌人，比如，面对法国。

这几个月，他对德国人羡慕的不只是他们的胜利，更主要的，是羡慕他们拥有的敌人。茨威格不想同俄国打仗，不想同野蛮人、斯拉夫人、文明之敌打仗。在给德国出版商的信中，他还明确表示，为谁他一定非战不可，那就是为哈布斯堡帝国的前哨国家。在战争的头几个月，他们是受威胁最深切的地方。那是靠近俄国边境的地区，那里的人说波兰语、俄语，或者意第绪语。那些东部地区实在遥远、未知，甚至有些可怕。茨威格给基彭贝格的信中写道：“这也许可以为您解释，为什么迄今为止奥地利知识界没有一位志愿报名参战的；那些由于自己地位本该上前线的，甚至要求撤回。此外，我们之间还缺乏您肯定知道的关联。对我来说，布罗迪[1]不比因斯特堡[2]，对前者我可以无动于衷，而对后者，只要想到它会被摧毁，我便发抖！当然这里还是有最终最高的关联：只有语言是最高意义上的家乡！”

[1] 布罗迪（Brody），乌克兰城镇。——译者注

[2] 因斯特堡（Insterburg），原属普鲁士德国，二战后归属苏联。——译者注

§

不错，布罗迪对茨威格来说无关紧要。他甚至不知道这个地方。那些年，在维也纳几乎没有谁知道布罗迪。这是与哈布斯堡帝国接壤的加利西亚地区的一个小镇。知道它的人，视它为贫困的代名词，视它为贫穷的东欧正统犹太人的家乡，这些东欧犹太人，是维也纳已同化了的西欧犹太人的令人羞惭的亲戚。布罗迪太远了。维也纳人没有谁想为布罗迪作战，更别提维也纳的知识界，更别提斯蒂芬·茨威格了。

这座边境小镇，当时在那里生活的人口不及两万，但大战之初，便成了首战重镇。这里四分之三是犹太人。布罗迪曾是富有的商贸重镇，是来自俄国、波兰、奥地利商贾的汇聚地。但自 1879 年敖德萨－利沃夫铁路开通以来，列车不在布罗迪停站，这座小镇成为一个被人遗忘的与世隔绝之地。

一位年轻作家日后这样忆起这座小镇：“我们这儿是个平和的小城，只是近邻间喜欢相互作对。醉汉们总会重归于好。竞争对手间并不使坏，他们只会拿客户和买主出气。每个人都会借钱给他人，所有的人都欠他人的债，谁也不会责备谁。

政治党派不被容忍。各个民族无以分辨，因为每人都说着不同语言。犹太人却一眼能让人认出，由于他们装束特殊，还有他们的优越感。有时会发生对犹太人的小洗劫。在事件的旋涡中，人们又会很快忘掉它们。死去的犹太人被掩埋，被洗劫者否认遭受了损失。”

这位年轻作家是很有天赋、很有抱负的犹太人。他留着深色短发，长着一对招风耳，眼睛很蓝，带着不肯轻信的目光。他要尽一切努力，尽快离开布罗迪。

他是一个很优秀的学生，喜欢通过毅然决然的口头禅“那是事实”来加强语气。因他自称“姆扭”（Muniu），小时候也被亲切地冠以“事实姆扭”的称号。他从小在母亲玛丽亚身边长大，住在外祖父耶池尔·各吕波的家里，那是黄金街上富有的制服裁缝卡尔曼·霸龙的房子。他从未见过父亲。人们告诉他，在他出生前，他父亲就出门做生意去了，从此再没回来。据说他疯了，或者让酒精灌傻，被杀了。

姆扭的大名叫约瑟夫·罗特。1913 年他去加利西亚首府利沃夫上大学，半年后，他去了维也纳。这座奥地利首都的宏伟辉煌令他震惊、着迷。他到维也纳后，最初的几个行动之一，是去了一位他所敬仰的作家的住宅，他要向他表达对他创作书籍的感激，表达他的敬意，或者只是想亲眼见到他，至少看看他住在什么地方。这是 1913 年的一天，约瑟夫·罗特站到了斯蒂芬·茨威格的公寓前。可他没有勇气按门铃。在紧闭的门前他等了一会儿，没有见到他钦佩的作家，他离开了。

*

1914 年夏，约瑟夫·罗特回加利西亚度假，去了布罗迪和利沃夫。奥匈帝国王储遭暗杀的消息传来时，他正同朋友佐马·莫根施特恩[1]坐在一起。他们谈论各自的大学学业，谈论维也纳。他们预料，战争将爆发。对他们来说，战争意味着与俄国开战，意味着，战胜俄国。他们很盼望俄国战败。1905年俄国在对日战争中失败时，他们还只是孩子。可那时，他们已能感到极大的喜悦。他们可以肯定，俄国的失败还会重演。只是这一切与他们个人并无多大关系。

对于即将来临的战争，他们谈笑自若。那天，他们去了一家叫“十好”的犹太饭馆，约瑟夫·罗特认为它是利沃夫最好的餐馆。罗特自己没有父亲，因而对朋友父亲的一切都想了解。他了解到，佐马·莫根施特恩的父亲很爱他，很希望自己的儿子学习法律。这时候，一位蓄着尖胡子的男人走进饭馆，他看上去很老，是这里的常客。罗特很着迷地看着他，想从莫根施特恩那儿知道，等他老时，会

[1] 佐马·莫根施特恩（Soma Morgenstern，1890—1976），奥地利犹太裔作家。——译者注

是什么样子。可这位还没想过这个问题。他家的男人差不多都活不长。罗特倒是经常想，他会活得很长，而且他对此很肯定。他对一脸惊讶的朋友说："我总是看着自己说：我是一个又瘦又老的老头。我身上的黑长衫，袖子长得几乎能过手背。秋天，我漫步于花园，一边走，一边想着用来对付敌人、也用来对付朋友的花招。"这是他第一次对佐马讲这些。这个故事他还会在他一生中一再讲起：他成了一个耄耋老者，身着长袖衫，肚里装着鬼花招。

战争爆发后，莫根施特恩和罗特又见了一面，这次是在维也纳。此时奥地利《新自由报》的大字新闻是："利沃夫还在我们手里！"接下来的几年，这个大号字型没有改变："利沃夫还在我们手里。"尽管对奥地利来说，它早已失落。布罗迪的情况也是如此，正如那个显赫帝国，正如那昨日世界。

*

罗特与莫根施特恩见面之时，斯蒂芬·茨威格正坐在海边，同一圈朋友笑谈世界。接着，他完成了最后的心理抗争，登上了最后一列回家的火车。就像那位汉斯·卡斯托普[1]，从不看报、听新闻，终于读到时，当即认真对待，突然间野性出走，出人意料地驶回平原参战。

很多年后，茨威格仍很怀念他的那个人生之夏。“听到号召时，每个人都想将渺小的自我投入到激情燃烧着的大众之中，让自身的所有自私自利在其中受到净化。职业的不同，语言、阶级、宗教的不同，都在博爱情怀奔涌的瞬间化为乌有。在大街上，陌生人彼此交谈。多年来相互回避的人们握起手来，到处能看到激动的面孔。每个人都经历着自我升华，他不再是从前那个孤立的人，他融入了集体，他是人民。而他这个人，这个本来遭忽视的人，获得了存在的意义。”

---

[1] 汉斯·卡斯托普，德国作家托马斯·曼的小说《魔山》中的主人公，小说结尾，第一次世界大战爆发，他遂下山参战。——译者注

§

又到了7月。这是奥斯坦德的新夏。

路灯还立在路旁，斯蒂芬·茨威格曾准备被吊到上面。一切如昨，不论那大海，那又宽又长的海滩，那略显过宽的海滨大道，那前面带有一块大空地的楼体前突的赌场，那前面摆着大理石小桌的小酒馆，还是那可见座座小木棚的沙滩。酒馆桌子上摆放着报纸，不再有报童高喊可怕新闻，来让奥地利游客说事、取笑。海滩上的情绪轻松、平和，旅游旺季刚刚开始，天气炎热。今夏，据说整个比利时的年轻人都汇聚到了这里，来到了宣传小册子里被赞誉为“海滩度假皇后”的这里。来到了这欧洲北海边拥有斯大林式建筑的海滨大道，来到1936年7月的奥斯坦德。

斯蒂芬·茨威格还能回忆起他最后那段无所忧虑的日子，那时他相信，那个世界会永远这样继续下去，那个世界稳固而永恒。他还能回忆起那个戴鸭舌帽的人，他在前行中的死鬼王国里，在死鬼面具王国里。

当然，奥斯坦德还能给人留下精力充沛、思想紧张、充满力量的记忆，她拥有重新弹跳开启的能力，突破舒适惰性的能力，又有着出乎意料产生新世界的可能，还会让人忆起那从未期待过的集体感。即便当时大破坏已经开始，其影响甚至延伸到了这个夏季，然而，这个地方永远与一个希望相联系——那对世界局势出现意外转变的希望。1914 年的斯蒂芬·茨威格，曾是怎样一个充满热情与渴望的年轻人！

那个夏季之后，二十年已经过去。其间他已成为世界瞩目的文学明星。在国外，他的名字如托马斯·曼[1]一样为人熟知，几乎没有哪个德国作家的

[1] 托马斯·曼(Thomas Mann，1875—1955)，德国作家。——译者注

书籍，在国外的销售量能超过他，他的那些中篇小说，他的历史人物传记，他的《人类群星闪耀时》（*Sternstunden der Menschheit*），都是国际畅销书。他是生活的幸运儿，在卡普齐纳山的树林里，他拥有一座可以俯瞰下方萨尔茨堡城的黄色小城堡；在那里他同世界各大洲的大作家保持着通信联系。他与当年的情人弗里德里克·玛利亚·冯·温特尼茨也早已结婚。只是现在，在这个新夏，如果他想维持自己平和的外表，还需格外做些努力。

茨威格几乎不关心政治，不关心宗教，他不生活在当下，不生活他所生活的世界。是的，他生活在往昔！对玛丽·斯图亚特[1]、玛丽·安托瓦内特[2]、约瑟夫·富歇[3]，他了解他们每个人的历史、政治细节，因为他熟知权力的机制、世界历史的机制。在

---

[1] 玛丽·斯图亚特（Mary Stuart，1542—1587），苏格兰女王玛丽一世。——译者注

[2] 玛丽·安托瓦内特（Marie Antoinette，1755—1793），奥地利女大公，后为法国王后。——译者注

[3] 约瑟夫·富歇（Joseph Fouché，1759—1820），法国政治家，拿破仑一世时期警务大臣。——译者注

他的书中，他总是通过重要历史人物的故事、传记来讲述世界历史。他很少讲述某些在特定历史时刻、被选定来改变世界进程的无权无势的小人物的故事。这一切与他、与他的世界没有关系。

只是近几年，他才开始在历史人物身上加上自己的影子，在历史事件中辅以对当代的描绘。两年前，他那本关于人本主义者——来自鹿特丹的伊拉斯谟的书得以出版。前不久，他又出了专著《异端的权利》(*Castellio gegen Calvin*)，副标题为“良知对抗暴力”。伊拉斯谟和卡斯特利奥都是英雄，在他们身上，茨威格也描述他自己追求的理想：以良知对抗暴力。他进一步解说了人道主义、国际主义、宽容和理性。从伊拉斯谟的生活和学术生涯里，茨威格了解到，要以“适宜理解”及“不折不扣的沟通意愿”弱化冲突的艺术。在加尔文的对手卡斯特利奥身上，他看到，这是一位伟大的反意识形态的专家，他鄙视恐怖与不容忍，以文字与之进行长期不懈的抗争，直至筋疲力尽，无胜而亡。但令茨威格十分不解的是，近来，他和他有关追求宽容与沟通的理论，尤其在流亡者圈中屡屡遭受不宽容与不理解：现在可是需要做决定的年月，是需要坚决果敢的时代。斯蒂芬·茨威格书写的世界，已不再存在。他的理想没有用处，不现实，可笑又危险。他的类比已不再适用于对手无比强大的他所置身的时代。在这个个体自身，以及所有人为之生活、写作的一切都时时受到粉碎威胁的世界里，宽容还能有什么用处？

“或者战斗，或者沉默。”约瑟夫·罗特给他这样写过。可是茨威格不想战斗。纳粹分子在德国夺取政权的最初几年，甚至他的书在柏林歌剧广场遭到焚烧之后，他仍希望保持沉默。他一言不发，只为能继续在平和中工作、生活。也许他希望，他的书能以此方式继续在德国销售，他还能对那里的人、那里的读者产生影响。一段时间内，这种态度果然产生了效果，在纳粹上台的那些年里，茨威格的书仍可在德国买到。

到了1936年夏，这种局面彻底终结。他的德国出版商安东·基彭贝格不能再出版他的书籍，可茨威格仍不打算将自己的作品转到流亡国外的德文出版社出版，比如在阿姆斯特丹的奎里多出版社，或阿勒特·德·兰格（Allert de Lange）出版社。他转向奥地利国内一家小出版社。这位出版商名叫赫伯特·赖希纳，虽然他是犹太人，却仍可以将他的书卖到纳粹德国。为此，他遭到许多流亡作家，包括罗特在内的唾骂，被称为“受希特勒庇护的犹太人”。因为只要能继续同德国做生意，他就愿意妥协。对茨威格来说，赖希纳至少还是与故国奥地利的一个维系。他自己已经几乎不去那里了。1934年2月，为查找共和保卫联盟（Republikanischer Schutzbund）的武器，警方搜查了他在卡普齐纳山上的房子，从那时起，对他来说，他便没有了祖国。此等行径，不仅对他的著作，对他多年来要求无暴力的影响力，不啻为一种辱没；同时，对于他的世界，对他受保护的创作空间，还是一种国家级的粗暴闯入。

现在对他来说，这座房子不过是个负担，是他早年生活的记忆及博物馆。他还居住于其间的时候，它就有些像博物馆了。茨威格喜欢搜集各种古旧文物、文献，尤其喜欢搜集手稿和乐谱。他拥有巴尔扎克与莫泊桑的手稿，还有尼采、托尔斯泰、陀思妥耶夫斯基、歌德、古斯塔夫·马勒、莫扎特，以及几乎所有当代重要作家的手稿。为了得到一页手稿，一个作家们亲手写下的故事，他会特意写信去请求，为此，他得到了海因里希·曼的《走向阎王》(*Weg zum Hades*)、赫尔曼·黑塞的小说《豪伊蒙德》(*Heumond*)的手稿，还有阿图尔·施尼茨勒（Arthur Schnitzler）的《生活的呼唤》，奥斯卡·王尔德（Oscar Wilde）、沃尔特·惠特曼（Walt Whitman）、理查德·戴麦尔、保罗·克洛代尔（Paul Claudel）和胡戈·冯·霍夫曼斯塔尔（Hugo von Hofmannsthal）的诗行，此外还有魏德金（Wedekind）与豪普特曼（Hauptmann）的剧作，赖内·马利亚·里尔克（Rainer Maria Rilke）的诗作《骑兵克里斯托夫·里尔克的爱与死之歌》，这首诗的开头是这样的：

走啊，走啊，走，骑马走了一天，一夜，又一天。

走啊，走啊，走。

勇气已经累了，向往还是那样热切。没有山了，几乎见不到树。没有什么敢直立起来。座座陌生的茅舍，干渴地蹲踞在湿地水塘边。见不到高塔。总是一样的景色。人的两眼显得多余。

对茨威格来说，思想、文学和音乐世界里重要的东西，就在他所拥有的创作它们的手迹里，它们是世界圣髑，他感到自己归属于此，他在这个世界生活，并为这个世界写作。他是一个敬佩者，是对他人艺术无私的崇拜者。对他来说，艺术以及欧洲文化就是他的宗教。

贝多芬的写字台是他的圣坛，他把它带到了伦敦，他喜欢坐在写字台跟前。这年年初，他还在伦敦为弗里德里克安排了一个新公寓。是的，他带走了这张写字台，还有一页歌德《浮士德》的手稿，以及作为歌曲的、有莫扎特谱曲手迹的歌德诗《紫罗兰》。这首诗语言残酷、笑傲他人痛苦，是一首歌德对自己浪漫诗作《荒野小玫瑰》的反叛诗。它是这样结尾的：

啊，可是啊！姑娘走来，
没有注意紫罗兰，
她将可怜的它踩踏。
它软榻，死去，心里仍快活：
“因为我死，我如此死
是因了她，因了她，
死在了她脚下！”

其他收藏品他不再保存了，将它们出售给苏黎世的手稿经销商马丁·博德默（Martin Bodmer）。

1925年，茨威格写了一部关于一位盲人老者的中篇小说。这位老人曾收藏有令人惊异的来自全世界的报纸及刻印版，此时，德国正处于经济萧条期，他瞎了，穷困潦倒，仍为他的全部收藏——那些纸页、印版骄傲着，每日坐在家里，让家人将他的收藏品一页一页读给他听。可是他的不幸家庭，由于生活拮据，早将这些藏品出售了。老人对此一无所知。一位画商从柏林来看他，家人请求他不要透露实情。盲人老者仍骄傲地向陌生访客展示他的收藏。那些纸张全是空白的，家人将每张已出售了的纸页用空白纸来代替。老人对此浑然不知，他的骄傲、他占有这一切的安全感，一如既往，始终未变。“他就这样凯旋般兴奋地絮絮叨叨地讲下去，整整讲了两个小时。这一切多么怪异，不，这是我无法向你们描绘的：同他一起，我看了整整一百或者两百张空白纸页，可在这位悲剧般不知真相者的记忆中，它们又都那样的无比真实，他准确无误地记着这些纸页的顺序，赞美描述着每一页上的微小细节。那些见不到的收藏品，很可能早就散落四方了，但对这位受蒙骗的老人来说，它们仍完好如初地保存着。这位老人的激情如此真挚，以至连我都快相信它们的存在了。”

眼下，茨威格的收藏品都散落四方了。他知道，伦敦的新居也不会是他新的家乡，漂泊的日子即将开始。在这个遭捆绑的世界里，他希望自由，哪怕只是一点点。

*

对斯蒂芬·茨威格来说，1936 年是一个告别之年，抉择之年。德国出版商不再出版他的书了，他失去了德国市场。奥地利、他的收藏、他华丽的房子，所有这些也早已成为他的沉重负担。要将多年来一点一点经营起来的一切全部抛弃，不是一件容易的事。这里有他的全部生活。果真会有新开始吗？往昔还捆绑着他。这里主要指的是：他的妻子弗里德里克。1914 年还处于第一次婚姻中的她，曾写信到奥斯坦德，祝他“同玛塞乐玩得开心”。1920 年他与她结婚。

此时，茨威格不再想维持这个婚姻。爱情已经不再。

两年前，在法国尼斯，弗里德里克给他和他的秘书洛特·奥特曼来了一次出其不意的“相遇”，令所有相关者都感到尴尬。不过，弗里德里克打算忘掉一切。她了解她丈夫，了解他的书，了解他的激情故事。她知道她所预料到的事，是他生活中的一部分。因而，当时虽让她头一次当场逮个正着，弗里德里克·茨威格仍未将洛特·奥特曼视作她真正的竞争对手。

过后，弗里德里克很愿意对所有想知道内幕的人，对其他人说，是她选中洛特·奥特曼做她丈夫秘书的。她工作积极、安静，面色白皙，略显病弱，不招人注目，富有语言天赋。这些是她喜欢的，在弗里德里克眼里，对当时在英国的茨威格来说，洛特的这些品质是做她丈夫秘书的理想人选。

洛特·奥特曼，1908年出生于在上西里西亚（Oberschlesien）地区的卡托维兹（Kattowitz），在法兰克福大学读书时，她的专业是法语、英语和经济学。作为犹太人，1933年夏，她便遭受到强行驱逐。她哥哥是医生，从1933年5月起不再被允许行医。后来哥哥及全家将之视为走运，因为这样他们在大批难民上路前，被迫提早做出了离开德国的决定。她哥哥在伦敦开了一家诊所，很快取得不小成功。随着时间的推移，越来越多的德国移民来找他看病。1934年春，洛特·奥特曼争取到斯蒂芬·茨威格的秘书职位时，她正在一个语言班里学习英语，希望有一天能当上图书馆馆员。

能同这样一位世界名人一起工作，尤其是能在许多情况下给予他帮助，对她来说，如同一个从不敢做的梦。与他结识时，她二十六岁，没有职业，没有丈夫，失去了家园，一切都还是未知数。对茨威格来说，这个人选也是他梦寐以求的。他此时身在异乡，对英语还不是很熟悉，各方面都需要许多帮助。他已满五十三岁，享有世界名望，是的，他很有名气，却也怯懦，面对新的局面，面对众多陌生人，他拘谨迟疑，无所适从，很难自信从容。斯蒂芬·茨威格是一个不断探索着的人，他一直在自己内心寻找平和，寻找自信。他很敬佩别人，敬佩他人对世界的坚定立场。他自己却要用上全部力量，来找寻一方土地站平站稳。还需尽最大努力，不断进行自我审视，看看自己是不是站在该站的地方，是不是站得适宜、正直、体面、正确、坚定。像他这样的男人，流亡是个怎样残酷的打击。富有、知名对他都已无所帮助。他一直依赖着家乡，依赖着家乡给予他的安全感，依赖着他的朋友。而现在，一切今非昔比，他的年龄也使他感到应对新局面的艰难。五十岁生日那天，是他人生中最黑暗的日子之一。他几乎不能忍受变老。不过没过多久，一位面色白皙、美丽、年轻、矜持、聪颖的女性走进了他的生活，她默默地崇敬他，钦佩他的写作，爱他的腼腆天性。而这腼腆天性在弗里德里克看来——尽管他们已结婚多年——却十分可笑，很像某种令人尴尬的艺术家式的使性子，充其量只能容忍。她曾这样想过，总会有一天，借助他的名声及在社会中的常规生活，腼腆会自行消失，也应该消失。然而，事情非但没有好转，相反随着年龄的增长，他的不确定性，他对自己的反省，他的摇摆性越发加剧了，任何风吹草动都会引起他的恐惧，尤其会引起他的不信任。

但从一开始，他就很信任洛特。他们不必说很多话。她沉静，她对小事情有着孩童般的快乐，她会专心地向他询问好几年都没有人过问的事情，问他的工作，他的书，这些书在弗里德里克和她的女儿们看来，早就是自然而然地属于他个人的事情。其实，他不必向她说明他文学事业上的打算。作为秘书的她只该为他写信，保障他有充足的邮票，支付该付的账单，安排好约会事宜。可她偏想了解一切，尽管她没有要求，她的目光却让他讲，不断地讲。让他感到，他的写作是有意义的。她所做的已不是常规工作，不是她的义务。她那眼神，终于让他明白了他为什么要干写作这样的苦差事，为什么要为每一个逗号斤斤计较，为什么要书写他的世界构想。正如洛特有次在给他的信中，以他极度夸张的方式写的：在苏俄会不会有百万人读他的文字，这无关紧要，重要的是，有一个斯蒂芬·茨威格在写作。仅此而已，仅此而已。一本书面世后，都会被文学评论家、政治及道德评论家们在空中撕个粉碎；但它仍不会是白费心血，也不是简单的尽了什么义务。重要的是，它创造了另一个世界。这是洛特·奥特曼一再写给他的，也是她一再说给他听的，尽管她没有这样做的必要。但，这就是她。斯蒂芬·茨威格爱的正是这样的她，以他沉静、矜持、腼腆的爱。他曾给罗特写道：“一位年轻女子对我是件好事。”如果他离开她几天，对她还会有些很古板的不确定感。他给她写道：“我希望，您会有些想我。”他写道，他为她担心，因为她似乎太少关心自己的幸福；而他——如他一再向她做的保证，非常关心她的幸福，只是她对此不了解，但他是个忠诚的人，如果他认为是真正的友谊的话，他会很忠诚；他不同于他人，他不会忘记，不会将她、将她给予他的一切忘记；她可以，并完全应该对此放心。

为了写作苏格兰女王玛丽·斯图亚特的生平传记，他需去苏格兰做实地考察，搜集资料。他带她一起前往。作为秘书，她需记录他的口述，但对他来说，她更是一位观察家，一位谈话伙伴，一位年轻、热情，对玛丽·斯图亚特的一切都渴望知道的女性。她想知道玛丽·斯图亚特的真实面目，想了解她在当代人眼里的模样，想知道斯蒂芬·茨威格怎样看她，还想知道她怎样用他的眼睛看她。

对这些，弗里德里克·茨威格在很长一段时间内，一无所知。一方面，她以为她太了解自己的丈夫；另一方面，她对脸色白皙的洛特怀有深深的蔑视。她太过相信，她作为茨威格妻子的日子会永远继续下去。因而，她对这类亲密情爱疏忽了。然而，她丈夫不同。他没有说破它，但她最终还是从友人的闲谈、暗示中看出了原委。

随着时间的推移，她必须正视，他们之间的某些东西已经破碎，破镜不会重圆。她必须正视，随着他对奥地利、对那座黄房子的远离，他离她也越来越远了。

弗里德里克十分依恋萨尔茨堡的那座房子，依恋它的宽敞，它的华美，她很愿意向众人展示它。她不能理解丈夫对1934年那次入宅搜查的愤怒。她可以照常同两个成年女儿在那里悠然生活。

她们也是茨威格无法忍受的。只是听到有人提及这两个女儿，他就会气不打一处来：这两人不自立，不结婚，无所事事，自负又无用——是他一生中最伤脑筋的累赘。那段时间，在他的书信中，会出现这样的字眼。而她们的母亲，更是他的累赘。

她最后一次到伦敦时，他们只以书信沟通。他给她明文规定，哪段时间里她绝不可以来他的公寓，因为他需要安静。但她不肯遵守。他大发雷霆，她也毫不退缩。他是个回避大王，不愿意发生任何冲突，尤其不愿意出现不因具体事物而引发的冲突。在大吵了一架后，她离开伦敦回萨尔茨堡前这样给他写道：“你的胸膛里没有心。”

现在弗里德里克完全可以猜到，茨威格与洛特·奥特曼的关系已相当密切。5月份她离开伦敦前，在一家饭馆刚巧碰到：他同洛特坐在一起。“一次尴尬的邂逅。”她在给丈夫的信中写道。在给斯蒂芬·茨威格的信里，她总以洛特·奥特曼姓氏的头一个字母“A”代表这个女人，或讽刺地称其为“你的知己”；跟朋友则直言称其为“毒蛇”。

*

在这个世界里，斯蒂芬·茨威格四处出逃，他要挣脱一个又一个羁绊，并且最好谁也不伤害。但这只是一种想象。羁绊反而变得越来越紧固。

新书的出版也没给他带来什么喜悦。出乎意料的是，抗议活动竟然出现在自由的瑞士。这年 5 月，在日内瓦和瑞士其他城市举行了对 16 世纪宗教改革运动的庆祝活动。加尔文（Calvin）被当作民族圣人来尊崇。而这个加尔文，正是在茨威格的书里，被写成了希特勒的前身。他的朋友——共产党人罗曼·罗兰，从瑞士的维勒讷沃（Villeneuve）给茨威格写信，向他表示热烈祝贺："在庆祝宗教改革四百周年之际，您的书出得正是时候。我劝您千万不要在哪一天搬到这里来住。要当心那些加尔文分子的'怒火'！若是出了法文版，您会被撕成碎片的。您对加尔文的攻击永远不会得到原谅。"这位罗曼·罗兰，富有斗争精神，经历过战斗考验，富有政治意识，是杰出的诺贝尔文学奖获得者，他对茨威格的祝贺是真心实意的。他常鼓励茨威格发起攻击。现在，他却似乎难以相信，他的朋友真的这样毅然决然地按他的希望做了。罗兰的这封信在茨威格眼里却很可怕。他没有希望这样。难道这回他又该只收获仇恨，仅仅因为这本书中，他将愿意妥协折中、温和、矜持、稳重的卡斯特利奥写成了英雄？就因为这，他会在法国被撕成碎片？把他这位均衡、倾听和沟通的追求者？不错，在当时那个世道，在那一年的欧洲大陆上，境况正是如此。此外，由于受到出版商赖希纳的催促，他完成写作的过程相当仓促，以致在发行的第一版书页中，存留了一些历史错误，这使他的敌人更多了一份喜悦。对他的攻击一直没有停歇。

这使斯蒂芬·茨威格陷入一个严重危机。他累了，烦躁不安，遭受抑郁折磨。他写道，文学让他受够了。最好的是，能把所有的“加尔文书”买下，全部烧毁。他给罗兰写道：“与仇恨战斗的唯一可能性，必须出自我们自己。”他梦想自己能缩回“鼠洞”。特别是永远不必阅读报纸。这个世界，文学、政治，它们爱有多好有多好，他反正一点不想有所听闻了。到哪里可以远远逃离这一切呢？在这个夏季，这样的“鼠洞”哪里会有呢？

比利时的一湾海滩浮现在他的脑际。那里有白房子，有阳光，有宽阔的海滨大道，还有可以眺望大海的小酒馆。他要去奥斯坦德。

同洛特去。

6 月 22 日他在维也纳给身处伦敦的她写信：“亲爱的奥特曼小姐”，7 月他们俩要在奥斯坦德一起度过；出发时间：一个星期后。

他还写道：“大行李箱很多余，我们只在那里过简单的生活。”

§

这年夏天，住在附近的还有另外一个人——那个来自遥远的东部地区——布罗迪的男人。他从巴黎来到阿姆斯特丹，要在那儿住两三个月。5月初他给斯蒂芬·茨威格写了一封信：“您一定会想，所有的人都会在某个地方有自己的亲人，有母亲、兄弟，或者一个亲戚。而我的家乡在很远的地方，那些在东部的亲戚，我甚至说不出他们的名字。如果他们还活着，生活一定也很艰难。我该怎么办？我必须将您作为我的兄弟看待，我请求您，允许我，对您说话就像同我兄弟说话一样。”

约瑟夫·罗特正处于绝望境地。与他相比，斯蒂芬·茨威格的苦闷显得很奢华。纳粹在德国夺取政权后，罗特的书籍随即遭禁。他也不再希望在德国出他的书。“那里是地狱。”他在给茨威格的信中写道；而且，他绝不想同敌人妥协。他认为，与纳粹德国做生意，还同德国保持某种联系的人，无异于一头野兽。对于茨威格还在通过赖希纳出版社在德国出售自己的书籍，他觉得那是一种背叛。1936年5月以后，茨威格的书也不再可以在德国出售了，罗特欣然给他写道：“为您的书在德国遭禁，我衷心地祝贺您。”

*

这两个男人间的奇异友情缔结了有些年了。茨威格年长十岁，是一座城堡的拥有者，世界名人，畅销书作家。罗特则是一名成功的记者，是20年代《法兰克福日报》文艺副刊作家，不很成功的报告文学小说作家，常住酒店的房客，嗜酒贪杯，喜欢热闹，为人慷慨，喜欢谈天说地，总是围在朋友、听众或追星者中间。在他终于出版了《约伯记》（*Hiob*）和《拉德茨基进行曲》（*Radetzkymarsch*）两部小说，本该跻身于财富与名望的世界之时，他的书却受到禁售、焚烧的命运，罗特不得不流亡他乡。

他是一个不幸的人，明察秋毫，又喜欢恶言恶语。他寻求在往昔世界得到救赎。那是古老的奥地利，那是他的王朝。对他这个从小失去父亲，日后又在那座大都市——辉煌壮观的首都长大的犹太人来说，他的帝国如此崇高，是她为他开启了世界大门。那个包罗万象的国度，众多民族都可以在那里生活，谁都可以没有护照，甚至任何证件都不需要地行走其间，无一例外。世界变得越来越昏暗，年龄在不断增长的他也越来越喜欢回望过去，那个已经失落的世界，也显得愈发伟大。

“利沃夫还在我们手里。”如今，在那座城市失陷、奥匈帝国败落多年之后，在他心中，她反倒比以前显得更加坚固。

1936 年春，约瑟夫·罗特开始写一部关于他家乡的小说。这部小说应该叫《草莓》(*Erdbeeren*)。“在我的家乡小城，生活着一万多居民。其中三千人处于疯狂的状态，不过这并不会对社会造成危害。

他们的周围环绕着的轻度疯狂，就像一片金色的云。他们做生意，挣钱。他们结婚，生子。他们阅读书籍和报纸。他们不关心世界。这个地区人口混杂，人们用不同的语言交谈沟通。”

这本书他最终没有完成。因为就在几个月内，他的生活境况出现了急剧恶化。他得到的几部小说的预付稿费，都让他花得精光；那些流亡出版商，也相继处于破产边缘，如果他不能提供成品书稿，他们就不再预付稿酬了。他的小说《杀人犯的忏悔》（*Die Beichte eines Mörders*）快要完成了，另外一本，《假秤砣》（*Das falsche Gewicht*），已写了一半。他还在写啊写。他将小说《草莓》的素材，用到其他小说里，以便尽快完成创作。他知道这样做不好。连总是赞赏他的斯蒂芬·茨威格，也写信警告他，不该“填充”他的小说。最后那部小说不够好，可他又能怎样？他需要钱啊。

斯蒂芬·茨威格总是试图通过信件，期待能从远方唤醒约瑟夫·罗特的理智。他要他节省用钱，少喝酒，不要再住最昂贵的酒店。他在3月底给他的信中写道："您终于有勇气承认，您这样一位伟大的作家，在金钱意义上却只是一个贫穷的小犹太人，同其他七百万穷犹太人没什么两样，因而您必须像这地球上百分之九十的人那样，在非常狭小的空间生活。"这封信几乎终结了他们的友谊。约瑟夫·罗特深感受到冒犯。茨威格戳穿了他们之间存在巨大分歧的根源，那是一条深深的鸿沟，它横亘于从小生活优裕、已被同化的西欧犹太人，与在君主王朝边缘生活的东欧贫穷犹太人之间。茨威格之所以这样写，完全出于自我保护。因为他看到，他帮不了罗特，不论送他多少钱，他还是会在困境里陷得越来越深。他越来越贪杯，慢慢失去了理性，远离了他的艺术。"至于什么贫穷的小犹太人，这个您不用专门告诉我，"罗特在回信中写道，"自1894年起我就是如此，并以此自豪。我就是一个家乡在拉季维乌[1]的、虔信的东欧犹太教徒。这些您就别说了！

[1] 拉季维乌（Radziwillow），乌克兰西南省区。——译者注

我贫穷渺小有三十年了。我就是穷。”

罗特怒气冲冲，他一边斥责，一边又恳求茨威格来见他。“我要死了，要死了。”他写道。4月9日他又写道：“亲爱的朋友，如果您来，就快点来，我身体还没死的部分会高兴的。”事态本来相当严峻，在给朋友的信中罗特又夸大了这种严峻性。茨威格自然要推三阻四：飞往阿姆斯特丹的飞机只有德国汉莎航空公司的，德国飞机他是不会乘坐的。同时，他给他的美国出版商本·叙布什（Ben Huebsch）写信，说他怕见到罗特。很多年前茨威格就劝过他，要在经济上、饮酒上、文学上有所节制，但对他没有什么帮助，没有什么可以帮助他。“你只能希望，让他犯上个什么小罪，被关上两三个月，其他让他节制喝酒的可能性，是没有的。”茨威格在后面加上的一句，日后为罗特带来了严重后果“……他的生活方式如此不理性，从长远看，他的那些书，创作质量也一定会受到损害。”

茨威格这样说自然有他的道理。但要知道，这位美国出版商叙布什的影响力很大，对丧失家园的许多德语作家来说，在美国出版市场上，他是唯一的稿费来源。

茨威格给罗特写道："罗特，你要打起精神来，我们需要你。在这个拥挤的世界上，像样的人如此之少，像样的书也如此之少!!"不过罗特火眼金睛，一如从前，他善读文字，且能将人看透。他知道茨威格不肯前来，不想见他。他也能读到航班信息："只有德国飞机飞阿姆斯特丹，没有这么回事。只有6点那班是德国汉莎航空公司的。此外还有早上7点的，10点、12点、15点，凌晨2点10分，7点45分的荷兰航班。您不过就是不想来罢了，您干脆直说倒更好些。"瞧，他已经打起精神来了。茨威格不必为他担心。他每天都精神振作，日复一日，比他更强的振作是不会有的。"我每天都写，只为让自己迷失在他人的命运中。您这人，这朋友，这兄弟——有一次您在信上称我为兄弟——您不觉得，我要不了多久就会死吗？"

这是一场紧张激烈、两个作者间的空战，是朋友间的象棋对弈。谁会让步？茨威格救得了他这位朋友吗？他真想救吗？这位想摆脱所有束缚的人，现在却偏偏在此被紧紧捆绑。罗特没有不再让他尽友情义务的打算。茨威格内心愧疚了，再说他也实在爱这位朋友，钦佩他的艺术才华，对谁也没像对他那样，尊重他的见解、判断。罗特的态度很强硬，无论在交谈中，还是在信里。他依赖茨威格，茨威格比他要成功得多，但这样的事实丝毫不会影响他的强硬。成功并不能说明文字的精准、漂亮及质量。不过他也知道，在文学事业上，他应感谢茨威格什么。对此，他以文字做过表达。将《约伯记》送给他时，他在书上写下这样的献词："《约伯记》之所以能面世，我要感谢斯蒂芬·茨威格。然而，比这本《约伯记》，比任何一本书更有意义的，是友谊。但愿这本书能被作为小小的问候得以惠存。约瑟夫·罗特"

1931年，他们曾在法国安提贝（Antibes）一起工作过，晚上相互朗读自己白天写下的文字，相互对彼此的写作给予完善补充。罗特将他正在写作的《拉德茨基进行曲》读给茨威格，茨威格听得津津有味，他作为听众却一再打断罗特的朗读，自己讲述起来，回忆起过去的奥地利，描绘自己童年的画面。

日后，罗特将印出的作品寄给茨威格。他在附加的信中写道："我忘了告诉您，书中的一些场景是从您那儿得到的。您会看出来的。尽管我对自己的小说不太满意，但我对您非常感激。"

从那时起，对罗特来说，茨威格的文学建议几乎成了必不可少的。1933 年 1 月，罗特给茨威格写道："如果不先同您交谈，我几乎什么新作都不能开始。您的良知与智慧，我必须得学到。"

*

几个星期后，在奥斯坦德，罗特在茨威格的帮助下，又将《杀人犯的忏悔》手稿的后半部做了整理加工。他将书稿读给茨威格听，让茨威格发表意见。茨威格会帮助他构思，转换表达形式，发表感言、设想、意见，删除缀词、复述，指出上下文的错误连接。罗特总是听得很专注，总是饶有兴趣地听取建议。

1936 年春天，罗特第一次对他这位朋友的一部作品表现出完全的赞赏。罗特是信奉天主教的犹太人，茨威格对宗教改革家加尔文的清算，对他来说，可谓大快人心。罗特写道，他用三个晚上读完了它，“尽管您对世界的认识很现实，但您以前的书中总有一种特定的幻想倾向，您的希望较模糊，不很确定，其实比这些还多的，是有某种道德包袱。这次您将之抛开，站到了一个新的高度。我很爱它，它洁净、清晰、晶莹剔透，不论在思想上还是在形式上。都不再有隐喻包袱了。”他还补充道，“以我的差不多加尔文式的狂热语言，您一定可以猜到，它令我怎样高兴。”他夸着赞着，忽然，噢，停下来，审视一下自身，看看他的友谊与文学是否允许他这样做，是否允许他这样对他——他的赞助者写这些。不过，他现在已经审视过了，他不必责怪自己。写得就是太好了，他没受任何收买。于是，他高兴地又加上一句赞美:“在我看来，您好像是找到了门道，好像有点朝我的方向。”

一个作家总会找到门路，总会入道，入另一个作家的道。策略约瑟夫·罗特是很懂的。他很绝望，他要不惜一切代价，让这位朋友留在身边。他要同他聊天、写作、饮酒，在他身边过无忧无虑的日子。他能支付他的每个账单，能用阳光般的理智解决他的每一个问题。这样说来，他的信中还是有些夸大之词。不过归宿一说，他是这么认为的。既是愿望，又是事实。

罗特感到自己濒临死亡。他写道，房间看起来像口棺材，“想想吧，你永远不会知道，你见到谁的时候，那会不会是最后的一次。信件不能取代人与人之间的相见，不能取代相互问候，也不能取代相互告别。”

茨威格最后终于同意了。他之所以将奥斯坦德作为今年夏天的避难处，也是为了罗特。因为罗特可以很快乘火车从阿姆斯特丹赶来，那里本来就不远。比利时可是个禁饮白酒的地方，茨威格给罗特兴奋地写道。这点没有让罗特感到恼火，他深深了解他这位朋友对他的教育抱负，不过他会想办法绕过禁酒令的。好吧，就算对茨威格选择的这个海滨度假胜地，罗特并没有多大兴趣。不过他不必下海，鱼也不会游进咖啡厅——他喜欢这样说。罗特不喜欢烈日当头，也不喜欢海滩，那里欢快的假日气氛，他从不为之心动。茨威格安抚他道：奥斯坦德是一座真正的城市，咖啡馆气息浓于布鲁塞尔，而且还有无数的小酒馆。

§

只是在那个年月，对于一个持有奥地利护照、身上没有任何贿赂资本的犹太人，出门旅游是件很艰难的事，即便想前往的地方并不远，即便只是从荷兰到比利时。身处阿姆斯特丹的罗特，花了两个星期的时间，才等到前往比利时的签证。

可前面需他面对的悲剧还多着呢。罗特与生活了七年的女友安德莉亚·曼嘎·贝尔（Andrea Manga Bell）刚刚分手。安德莉亚·曼嘎·贝尔是喀麦隆人，在汉堡长大，后来同一位喀麦隆王子结婚，生有一儿一女。可女儿出生后，王子便丢下母子三人，回了非洲。据说他拥有神话般的财富，可对他的太太，他的孩子，却一毛不拔。安德莉亚·曼嘎·贝尔是演员出身，她在舞台上结束了非洲王室生活之梦后，改做版绘员。结识约瑟夫·罗特后，接管了他的秘书工作，为他的手稿打字。从那时起，她不再有其他个人收入。因而，罗特应负责提供她的经济开支。但罗特没有这个打算，也没有这个能力。3月份他去了阿姆斯特丹，就因为在那里生活便宜些，也为了摆脱家庭包袱。

6月时，他写信给女友，建议她也来阿姆斯特丹，或以后到布鲁塞尔来，和他一起生活。但是，不能带孩子。他认为，她的孩子应慢慢学会自己照料自己，或由他们的父亲，或另外什么人来照顾。他，约瑟夫·罗特，无论如何管不了那么多。不然的话，只能分手。信寄出后，很长时间没有回音。6月28日，他收到一份由图珂·曼嘎·贝尔——安德莉亚的女儿发来的电报："请您从速来访！"其他什么都没写。罗特当即心神不宁，担心发生了最坏的事情，可他没钱去巴黎。几天来，他一直住在埃登酒店，等待着赴比利时的签证。他慌慌张张给在巴黎的他的法语翻译布兰奇·吉顿打电话，她还什么都不知道呢。这电报会不会是因为出了什么让人担心的事？听到她的死讯没有？罗特很绝望。他又等了两天图珂的消息，布兰奇·吉顿的消息。接着收到图珂的电报。说她母亲得知罗特打算与她分手，精神上备受打击，一蹶不振，几乎崩溃。

起先，罗特感到放下心来，因为，他真担心她会自杀。精神崩溃——这在他听来，更像是一个把戏，假装患病，好让他回心转意，再回到家庭生活中，回到理性中去。只是这些他不想再要了。几天后，他给布兰奇·吉顿写信，为自己做解释："曼嘎·贝尔女士一直拒绝按照我的生活原则生活。"可见，他受着良心的折磨。这种折磨是双重的，因为他的初恋——他妻子弗丽德尔的命运，还一直像影子一样跟随着他的人生。她也不能"按照他的生活原则生活"。那时他们在柏林，总住在酒店，游走四方，她总得跟在这个男人身后。他们只是在婚姻之初，1922年至1923年间，在柏林的舍恩贝格区（Schöneberg）的公寓里住过几个月。随后，罗特觉得这样太累赘，太狭小，太矫情。于是他们开始从这个酒店搬到那个酒店。当时弗丽德尔还年轻，苗条、时髦、白皙、美丽。照片上的她，眼神显得既害羞，又自信。这段婚姻使她病倒了。罗特一直认为，他是罪魁祸首。不过，他们结识之时，她的性情就很脆弱，胆小怕事，怯于面对世界。那时，罗特曾在给表姐宝拉·古贝尔（Paula Grübel）的信中写过，弗丽德尔患有“社交恐惧症”。1922 年夏，他又在维也纳给表姐的信中写道：“她一整天都在多瑙河的浅滩上走过来走过去，想象着那是大海，过着攀缘植物般的日子。”他还写道：“我从没想到，我能对一个小女孩爱这么久。我爱她坦言时的腼腆，爱她恐惧、爱担心的感觉，她总在爱着什么，又怕被所爱伤害。”

他早料到她会发生什么，尽管在信中做了相反的声明：“她很正常，不过我肯定会被别人称作疯子。她的反响不似我，不那么强烈，不那么发抖，她不大受环境气氛影响，她直率、明智。”事实上，1925 年时，罗特就很为她的精神状态担忧。四年后，他写作了那本他的成名之作《约伯记》，这部小说讲述了一个虔信的犹太人孟德尔·盛格的故事，他在各个方面都接受着上帝的考验，他的女儿米扬失去了理智。在《约伯记》中，约瑟夫·罗特也描述了他妻子的命运："真是这样，你不能分担她的痛苦，只能使痛苦加倍。"1929年3月，他在一封信中写道："不过在这种加倍中，还有一个无以度量的安慰。我的痛苦不再是私下的，变得公开了，这样承受起来要容易些。"就在这年的晚些时候，弗丽德尔又遭到一次强烈的精神崩溃，从此她再没有恢复过来。对此，1929年12月罗特在给作家朋友勒内·席克勒（René Schickele）的信中做了这样的描述："目前我处于极大的困境之中。昨天我去了慕尼黑，逃去的。从8月起，我妻子病得很重，精神病，歇斯底里，有明显的自杀倾向，她几乎不能说还算活着——我也心烦意躁，觉得被一群幽暗可怕的红色恶魔包围着。我变得昏头昏脑，瘫软无力，连动一根手指的能力都没有，非常无奈，看不到未来会有改善的前景。"起先，弗丽德尔的父母照料了她一段时间。第二年春天，她被送到维也纳附近的雷卡文克疗养院，那天，正是小说《约伯记》的最后一章在《法兰克福日报》上登出的日子。后来，她又被送到维也纳附近的斯泰因霍夫精神病院。

罗特为弗丽德尔自责了一辈子。因而，曼嘎·贝尔精神崩溃的消息，令他十分震惊。同时，他也比以往任何时候都更清楚地认识到，他不能回到她身边。从前他们争吵后，他常常感到很怕她。他的朋友路德维希·马尔库塞（Ludwig Marcuse）后来提到过，一次同她持久争吵后，罗特曾急切地向朋友提出请求，让对方陪他一起去同她和解。她的情绪是难以预测的。此外，她随身带的手提包里，总放着一把小手枪。他觉得，她使用手枪的可能是不能排除的。

不过，他对曼嘎·贝尔得神经病的恐惧似乎还更大些："如果我死不了的话，多小的心理压力我也受不了了。"同时，他给布兰奇·吉顿的信中写道："可是，我还不想死。"

*

得知曼嘎·贝尔精神崩溃的消息后，一天，约瑟夫·罗特给比利时国际笔会打电话请求帮助。事情终于有了进展，他很快得到赴比利时的签证。只是罗特仍然犹豫，是否应去奥斯坦德。因为他了解到，在奥斯坦德的不仅有斯蒂芬·茨威格和洛特·奥特曼，埃贡·埃尔温·基施和赫尔曼·凯斯滕——两位处境较好、情绪不错的朋友也在那儿。在这个幽暗的夏天，罗特不认为他们是适宜见到的友人："要是在奥斯坦德见到基施和凯斯滕，会令我很尴尬，可这又不可避免。"罗特给茨威格写道，"现在，我哪位搞笑活宝也见不得。"

茨威格仍积极争取他前来，他历数奥斯坦德的优越性，酒店价格优惠，酒馆众多，最后还说到罗特讲给他的爱情遭遇，他轻松地写道："不要因为曼嘎·贝尔太难为您自己。情绪爆发是件幸运的事，总比慢慢变态令人好受。"

罗特知道他在说什么。两个月前，在茨威格家里，约瑟夫·罗特目睹了他们夫妇争执的高峰，罗特介入其中，很小心地站到了弗里德里克·茨威格的一边。他喜欢她，她也温柔地叫他罗迪。她匆匆离开伦敦。罗特给茨威格写道："您太太走了，这是件好事。如果我告诉您，说这是我建议她这么做的，我认为，这不是什么冒犯。亲爱的朋友，请千万不要忘记，她是一个非常细心敏感的人，她应该得到尊重，而且她正处于这样一个年纪，这个时期的女人都会害怕自己被遗弃。这是一个恐慌的年纪。”后面他还加上说，“亲爱的朋友，如今我们必须爱，必须爱，可是我们都如此思绪混乱。”

茨威格没有回这封信。现在，做了回复，间接地——他为他爱情的迅速终结表示祝贺。但对罗特，这不是安慰。

6月12日，罗特在流亡出版商阿勒特·德·兰格的书店做了一个报告，报告的题目为“信仰与进步”。报告大厅里坐满了听众。报告中他对迷信的怒斥，赢得了听众无数赞同的掌声。他认为，现代科技更会给人类人性带来救治，他在报告结尾时呼吁：“我们应该将理性，用到它为什么给予我们的目的上，即，用在为爱的服务上。”

那么现在：越过边界去吧，离开精神崩溃，离开已结束的爱情。签证已经得到。去海边，进小酒馆，会那个朋友去吧。奥斯坦德的7月，爱的夏天。

*

终点站到了，他疲倦地下了车。茨威格已等候在站台，一切都安排好了，行李员、酒店，还有去酒店的出租车。两个朋友又在这海边相见了。起先，两人都有些尴尬、僵硬，彼此有些拿不准。很长时间内，他们只凭书信联系。这位罗特老友写下不少愤怒的指责，也书写了许多爱戴之情，有的言过其实，有的实话直说。茨威格则一直遮遮掩掩、闪烁其词、小心谨慎，希望自己的心灵得到救赎。在彼此的通信中，他们在友情、忌妒、钦佩、依赖、爱戴、自负与吃醋之间，找到了平衡。在阿姆斯特丹，单为获得比利时签证必须四处求情，就已使罗特的绝望达到一个新的极限。

现在他们彼此伸出了手，“嗨，茨威格先生。”

“嗨，罗特先生！您终于来了，衷心欢迎您来这海边！”随后，一切的一切又一如从前了。罗特马上轻松下来。这个一切都为他安排就绪的人，是他的朋友，是带给他阳光、理性，带给他稳定、安定生活的人。在这个夏天，他多想向他倾诉一切。他的步履一下子又平稳起来。此时此刻，茨威格也感到，能为他人做点什么，是件多么快乐的事。同样，他也庆幸自己拥有这种优势。当他看到，他身边的朋友摇摆不定地走在窄街小巷，他显然感到自己的成熟，自己对生活的驾驭能力。他们像生来就要相依为命的。这两位跌撞于人生者，在不长的时间里，在彼此那里找到了依托。

§

她兴奋、快活，对自己能逃出纳粹德国，她喜出望外。伊姆加德·科伊恩（Irmgard Keun）虽不是犹太人，但她的书同样在德国遭禁：她的《人造丝姑娘》（*Kunstseidenen Mädchen*）和《吉尔吉——我们中间的一个》（*Gilgi-eine von uns*），两本书中描写的女性，太过摩登，太过自信了；她的风格过于现代，大都市意识太浓。这就是说，她是一个地地道道的“柏油路作家”[1]。

这是一位自信、美丽的年轻女性，毛皮围巾围在脖子上，嘴巴大，眼睛也大。她想，到底是谁在这里禁书呢，她倒要看个清楚。她提出上诉，上诉

[1] 柏油路作家，“柏油路”为纳粹时代用语，用来代表大城市中的奢侈、颓废、堕落。——译者注

纳粹当局，并且还要申请打官司的经济援助。事实确实是：科伊恩对纳粹宣传部提出了上诉。第一，她要求若她的书不再被允许出版，相关部门要给出根据确凿的理由；第二，她要求没收的样书给予她一定的经济赔偿，此外还提出：“给我造成的损失绝不限于被没收作品的著作权人版税，还应包括产生了这样可以证实的事实：我的书被没收前，月收入可达几千马克，书被没收后，连一百马克都不再能得到。”她把这份起诉书以挂号信形式寄到柏林地区法院。法院院长将信转交给盖世太保。盖世太保询问帝国作家协会，伊姆加德·科伊恩的作品是否确实属于有害及不受欢迎作品之列。八天之后，他们得到的明确答复是：是的。盖世太保在给科伊恩的信上写道：“根据帝国作家协会章程第一章，这些书籍被视为有害及不受欢迎的作品，故由我部收缴。在此，您无权获得损失赔偿。”接着，伊姆加德·科伊恩又到其他几个地方法院提出损失赔偿要求，但没有被任何一个法院接受审理。

当然，她自己也知道，她的起诉不会被受理。

可她就是不能忍受，不能听之任之。这是凭什么？怎么一个新政府组成了，她的书就该被没收，就这么简单？伊姆加德·科伊恩像小孩子一样，一定要刨根问底。这是为什么？为什么我的书得被没收？这公平吗？符合法律吗？如果它不符合法律规定，怎样能将之改正，而且要马上改？她用她那双闪着光亮的美丽的眼睛面对着世界，也面对着一切新事物。但谁也不能长久这样下去。尤其是，当现实变得越来越黑暗，越来越浑浊，越来越危险时。

5月初，她坐上火车。首要目的是要离开这纳粹褐色瘟疫之地，离开这不公正的禁书之国。她想去海边。她认为，大海能让思绪变得远阔。她决定去奥斯坦德，小时候她曾同父母在那儿度假。她上路了。如她所写："我的身后是一个国家，面前是整个世界。"5月4日她到达目的地。她看到了海滨大道、海滩、小酒馆和赌场，迎接她的是整个自由宽松的世界，她感到很欢欣。

不久前，她与阿勒特·德·兰格出版社刚签署了一项合同。这合同是编辑瓦尔特·兰道尔（Walter Landauer）先生为她争取到的。这样她抵达奥斯坦德后，立即得到了300古尔登[1]，作为她下一部小说的预付款。她抵达酒店房间时，桌上放着三支兰花，每支都是单独包装，那是兰道尔为迎接她而特意准备好的。她知道，等在她前面的，是流亡者的世界。

*

有一天她去了布鲁塞尔。别人告诉她，在那儿她可以结识赫尔曼·凯斯滕。截至那时，她只读过他一部小说——《江湖骗子》(*Der Scharlatan*)。他们在一家大酒店的前厅见面。此时正值比利时的夏天。他是第一位被她魅力吸引的人，从远处打量到她时，他觉得，她就像一个让人马上想同她共舞的年轻姑娘。然而，气氛变得很快。赫尔曼·凯斯滕主要打算同她交谈，于是他看着她，听她说。“我

[1] 古尔登，当时的德国货币。——译者注

们还没有坐到桌边喝上咖啡，或葡萄酒，她就开始谈起德国，眼睛闪着光亮，动着她涂得很红、逗人的嘴唇。她压低嗓音，小心描述着新型怪异的日耳曼人。措辞果敢，形象生动。她的金发和丝绸白衬衫好像抖动在疾风中，她的双眼及双手，也像在说话，一切都在表达她的思绪，她的感怀。她天真灿烂、风趣、绝望，但忽而又像个寻常民众，火暴激昂，不再是那个想让人与之共舞的年轻姑娘，而变成一个痛斥着的女先知，一位责骂着的布道者，一个看到整个文明变成烂泥的政治家。她为文明而言、而笑，为之讥讽、哀悼。”

他们谈了很久。凯斯滕像个饥渴了很久的人，汲取着她的能量、她的笑、她的愤怒。凯斯滕已经三十六岁，纳粹上台后他便离开了德国，渐渐成了流亡者中的“交际王”。他要接近友人、作家的愿望，似乎比谁都强。后来，茨威格曾将他称为“保护流亡者世界的父亲”。

“二战”后，凯斯滕出版了众多有关流亡者世界的书籍，其中最富柔情的一本名为《我的诗人朋友们》（*Meine Freunde, die Poeten*）。他总在咖啡厅写作，边谈边写，或者边写边谈。他需要与人交谈才能写作。

他不论在尼斯、在滨海萨纳里（Sanary-sur-Mer）、在巴黎、阿姆斯特丹，还是在这儿——奥斯坦德，都必定是夜谈长饮族的一员。此外，他还是个颇具影响的人物。以前他是古斯塔夫·基彭霍伊尔出版社的编辑，现在他与兰道尔一起负责阿勒特·德·兰格出版社德文书的出版工作。在小小的流亡者德文书市场上，他的作用举足轻重。而且，他总是无处不在，罗特称他为搞笑活宝，说得也不是没有道理。凯斯滕始终尽力保持良好的情绪，他脸上刻有流亡生涯的最深笑纹，但他同其他流亡者一样，也遭受着流亡带来的孤独与隔离感的煎熬。

在奥斯坦德时，他曾给朋友弗朗茨·舍恩伯纳[1]写道："这简直是狗工作，特别是当约谈很少，还常

[1] 弗朗茨·舍恩伯纳（Franz Schoenberner，1892—1970），德国作家。——译者注

遭遇讥讽的时候。好在值得安慰的是，我们作为作家，或多或少已经习惯了对自己进行嘲讽，并能声称，工作带给我们快乐。”

对他来说，保持这种喜悦很不容易。因而，能与这位刚从德国来的女性交谈，对他来说是件较为重要的事情。特别是她读过他一本书，对他有敬佩之情，很骄傲能与他会面。她觉得他非常聪明、善良、风趣。只是当他告诉她他目前的写作主题时，气氛急转直下：“为什么写16世纪西班牙国王腓力二世（Felipe II）！千万不要！怎么所有人都只写历史？”她来这里后，出版商给她寄来一个包裹，里面全是最新出版的流亡作家作品。有阿尔弗雷德·纽曼[1]的《帝国》（*Das Kaiserreich*），约瑟夫·罗特的《一百天》（*Hundert Tage*），贝托尔特·布莱希特（Bertolt Brecht）的《三便士歌剧》（*Dreigroschenroman*）。如果现在不写现代，什么时

[1] 阿尔弗雷德·纽曼（Alfred Neumann，1895—1952），德国历史小说家。——译者注

候才能在书里写现代？这些书在德国反正都是遭禁的。急需被书写的当前的现代，没有必要从历史上去复杂化。

不过对于德国当时的状况，他们的确缺乏体验及直接感触。他们得到的信息往往是道听途说，或当局的政治宣传。在这里能得到的，是漫画、是渴望、是震惊和恐惧。但这些情感很难转换成优秀的文学作品。

因而，赫尔曼·凯斯滕尤其希望在布鲁塞尔的这次会面中，能从这位女性处了解到：当今德国到底是怎样的？到底有多糟糕？理性者之间有着怎样的精神状态？有没有希望，有没有什么信号能说明它会在某个时候结束？她讲得很生动，资料原始，形象直观。可是她讲的，实际上都是很可怕的，看不到终结希望的可能。她讲的“这个德国，洋货商人与军人遗孀信奉着尼采哲学[1]；这个德国，响彻

[1] 希特勒声称学过并敬重尼采哲学，因而大众纷纷仿效。——译者注

着粗野不快的歌曲，能听到的是威胁性的电台讲话，能看到的是游行队伍及党代会上持续造作的狂热，到处是万岁的欢呼，到处是没完没了的集会。这是一个遍是疯狂市侩的德国。他们疯狂，因为他们应该这样；他们疯狂，因为人们将他们的非理性当作美德来赞颂；他们疯狂，因为他们仅允许服从与恐惧；他们疯狂，因为他们手中有权力”。不，她从那个国家没有带来什么希望。但她带来了激情、执着，特别是对流亡世界的极大兴致，只是在其间居住三年以上的人，这个兴致早已丧失。伊姆加德·科伊恩就像一个小女孩，她怎么也不相信，她现在就属于这个秘密盟会似的人群了。“在这里，我可是唯一的雅利安人！”在给家里的一封信里，她喜言道。在德国时她就这样梦想着，现在她果真到这里了。

*

当然，一开始总有点寂寞，大批流亡者还没有抵达。有时雾气弥漫，有时冷风袭人。不管天气怎样，她都要坐在海滨大道旁的小酒馆前，穿着浅色外套，戴着白头巾，桌上有一盘堆得像小山似的小海虾，还有茶壶、报纸、几张空白纸张。就这样，她全神贯注开始写作，写她的那本德国小说，就是得到了预付款的那本，书名应是《午夜过后》（*Nach Mitternacht*）。她写道："我站在马路上，夜是我的房间。我喝醉了吗？我疯了吗？四周传来的声响好像大衣落到地上。我冷。灯灭了。我孑然一身。"

伊姆加德·科伊恩留开了她在德国的丈夫，也离开了她的情人。她早就不再爱她丈夫了，他对她在新世道遭受的痛苦一点不能理解。她的情人叫阿诺德·施特劳斯（Arnold Strauss），是一个犹太医生，纳粹夺权不久便移居到了美国。对他，她还是有一些爱，却厌烦他在生活中的"没有问题"，厌烦他在美国马上就得到了犹如在家里的感觉，好像这一切没什么冒险，没什么挑战，没什么不幸。她给他写了很多信，对他没有表达过分的向往，不过还是请求他，能经常提供经济资助，提供一个女人生活上的必需及礼物。施特劳斯已经结婚，与妻子住在美国，但他爱伊姆加德·科伊恩胜过一切。他很愿意马上放弃自己在美国的生活，与妻子离婚，同伊姆加德·科伊恩结婚。不过，结婚这事离她实在太远了，现在她刚刚赢得了大自由。

“我爱你，可是要与你结婚，还是有所顾忌。”6月初，她从奥斯坦德给他写信道。此时，他已在美国西弗吉尼亚州的蒙哥马利工作生活，“我宁愿在德国集中营里被活活打死，也不愿在你身边感恩戴德地、谦卑地终结我的一生。”

话说得很清楚了。可他对她的爱丝毫未减弱，反而愈加强烈，他继续给她汇钱。伊姆加德·科伊恩对此很高兴，总是一边考虑着提出新要求，一边写她的书。

*

她住在王冠酒店有一个月了，这里地处奥斯坦德城中心，就在火车站旁边，可以望见停靠着帆船的码头。现在正值6月，夏天正缓缓来临。海滨首批游客已经出现，滨海大道渐渐热闹起来，随处可见阳伞的身影和穿着泳裤的男人，更衣用小木棚也被推上海滩。

伊姆加德·科伊恩要去基施夫妇那儿住几天。从奥斯坦德去布雷德内不是很远。搭乘有轨电车，绕过宽广的海港区，进入沙丘带，大约二十分钟就能抵达。基施夫妻住在那里的一家酒店已经几星期了。伊姆加德·科伊恩很喜欢这对夫妇，他们也喜欢她。在这个春天，一股多么富有生命力的激流——来自德国，漩入了他们这个流亡小团体！

她给埃贡·埃尔温·基施看她小说的头三十页。她的文字令基施很兴奋，他兴奋得甚至马上上楼消失在自己的房间里，把伊姆加德·科伊恩和他的妻子留在楼下酒店。半个来小时后，他才出现。他已写好几封信，一封给兰道尔，祝贺他能有这样一位极棒的女作家；一封给一个美国出版商，向他推荐这位了不起的德国女作家和她的新书；还有一封是给他在巴黎的朋友，请求他们邀请伊姆加德·科伊恩前往巴黎作有关德国当前形势的报告。科伊恩不仅为他的热情打动，他的革命激情、他的共产主义斗争精神、他的乐观、他的不气馁、他对未来的必胜信念，都使她深受感染。“你肯定不认识这种人，”她给在美国的阿诺德·施特劳斯写道，“你不知道他们为新民主德国怎样绝望地工作！这是多么了不起啊！”

基施向她讲述了他的英雄旅程，两年前他前往澳大利亚，参加 1934 年 10 月在那里举行的反战大会，澳大利亚政府不让他上岸，据说这威胁到澳大利亚的国家安全。四十位已经上岸的志士同仁听到消息后，租了一艘摩托艇，插上反战旗帜，到基施乘坐的邮轮周围绕行。基施遂从十八英尺高处跳入小船，一条腿摔断，但终于获准登陆。他得到了众人的欢呼称颂，世界各国媒体都对此做了报道。据说由此开始，澳大利亚的反战及反法西斯运动，得以轰轰烈烈地开展，从以前的小团体运动，扩展到了大规模的群众运动。埃贡·埃尔温·基施做了几个星期的英雄。

不过在有件事上能表现的英雄气概要少一些：关于这次澳大利亚之行，他已经写作了一年半之久，就是不能完成。他本打算去年夏天完成，结果直到现在还在写。这本书就叫《登陆澳大利亚》。提到它时，他的笑略微显出为难之情。不过他还是笑着。埃贡·埃尔温·基施喜欢笑话自己。他不停地抽烟，在他那儿，总是有些共产党人来做客，与他策划着什么。这令伊姆加德·科伊恩很是着迷。她叫他埃贡内克，像他所有的朋友一样。

她同他以及他妻子一起度过了几个美好的日子。白天她同吉泽拉或躺在沙滩上，或下海游泳，或做健身运动。她给在蒙哥马利的阿诺德写道："我现在又黑又野，就像一个戴着黄毛假发的黑女人。"

一天，埃贡内克对她说："今天，我们一起去奥斯坦德。去花儿咖啡馆，我要给你介绍一个人认识。"

*

他们乘上有轨电车。这天阳光普照，海滨大道上游客熙熙攘攘，孩子们戴着五颜六色的帽子，一派轻松愉快的景象。他们坐进花儿咖啡馆，在遮篷下的阴影里，眺望海滩。刚点好开胃酒，两位先生便走了进来。一位穿着浅色西装，配有背心、领带，唇上小胡子修剪得很整齐，头发浓密，黑眼睛，目光敏锐，自信，看上去善于交际，腰杆笔直，活像穿着周日短外套的优雅的鼩鼱鼠[1]。紧跟在他身后的那位先生个头较矮，背有些驼，身着深色西装，紧腿制服裤，肚子微凸，系着带条纹的领结，额头上耷拉着头发，浅色小胡子毛茸茸地挂在唇上。他走起路来有些摇晃，看起来好像一只在陆地上找不到回家路的伤心的海豹。埃贡·埃尔温·基施和吉泽拉对身着浅色西装的先生笑着友好地打招呼，并把他介绍给伊姆加德·科伊恩。这是茨威格，她向他拘谨地伸出手。与此同时，基施向那位摇摇晃晃的海豹走去，重重地拍着他的后背说："这是怎么回事？没戴皇冠？没披白貂？这是怎么回事，老哈布

[1] 因鼩鼱鼠个小，皮毛光亮，用来喻作小巧而优雅。——译者注

斯堡犹太人？”他兴高采烈地招呼着，“是啊，很奇怪啊，你这个老布尔什维克犹太人。”基施得到一串朗朗笑声回应。此时，基施嘴里叼起烟，打断了茨威格和科伊恩多多少少有些呆板的结识性交谈，张罗着让这两位彼此结识。他们友好地伸出手，伊姆加德·科伊恩看到，他柔和白皙的手从黑袖子里伸出，她看到他唇上流苏似的浅黄胡子，看到他衣服上的烟灰。“我的皮肤马上给出了接受信号。”她后来写道。她望到他的蓝眼睛，他的坏牙齿——尽管他竭力想将之遮掩在胡子下——望到了他的哀伤。“第一次在奥斯坦德见到约瑟夫·罗特时，我有一个感觉，好像看见了一个哀伤得可能会在接下去的几小时内死去的人。他的眼睛又蓝又圆，一副绝望的样子，他的声音听上去好像仍承受着哀伤重负的振动。后来这个印象变得模糊了，因为罗特当时不仅只是哀伤，他还是一个最富活力、最好的愤恨者。”

这天晚上，对这个小圈子的其他人来说，这两位消失了。罗特一声不吭，把她拉到自己身边的一把椅子上。他对他人缺乏信任。她不是犹太人，他从前不认识她，没读过她的书。她为什么来到这里？因为厌恶那个国家，厌恶那里的人，厌恶那里的当权统治，她说。啊哈，那她为什么现在才来？她讲起她丈夫、她母亲和她在美国的犹太情人。罗特仍缺乏信任。这并不是说，他把她当成间谍了。他就是不肯简单相信，她现在才做出决定这个事实。流亡者不能犹豫，不能三心二意，不能等待。当然，她给他印象深刻；因为她作为一个非犹太人，自愿放弃了那一切；因为她同德国当局的斗争，还有她的所有愤慨。她说话的时间越长，他听得越贪婪、越沉寂。他听她讲德国，讲柏林，讲那里的生活。他有三年半没有去过那里了。他什么都想知道。

她爱他的好奇心，爱他的仔细聆听，爱他的打量，他的追问，他的快速判断，他的恶言恶语，他的准确与出其不意。她知道并喜欢他的《约伯记》和《拉德茨基进行曲》，更惊奇他在谈话中似乎比在他的书中更会讲故事。没有人知道哪些是他自己的故事，哪些是他编的。他就是喜欢讲，尤其喜欢讲给这个老基施带来的、被太阳晒得黝黑的伊姆加德·科伊恩听。后来她说，不论在之前还是过后，她从未结识过像约瑟夫·罗特这样有强烈的性吸引力的男士。她说的就是这个晚上。在花儿咖啡馆。她真想马上跟他走，无论去哪儿。只为接着说，接着听。只为在他身边，只为接着饮酒。

这也是从一开始就将他们连接在一起的一个方面。他们马上认识到，他们都是经验丰富的嗜酒者，饮酒艺术家。他们精明潇洒，尤其在需给出理由的时候。对于生活和写作，饮酒为什么必要？“如果你得写什么的话，你反正得打开报纸来看，可那显得太傻气。”一次，伊姆加德·科伊恩在给阿诺德·施特劳斯的信中，对饮酒做了这样基本上的解释，“要开始写作，你必须先将那些有关洪讯、战争的念头排除掉，不然不能写作。所以写作需要酒精。而且重要的是，要喝得好，喝得明智。艺术家的职业恰好让人不可救药地、不可避免地依赖于情绪。”

终于有个理解我的人了，科伊恩想。罗特也这样想。你可以同这人一起无所顾忌地饮酒，这个人理解，这在别人是受不了的，这人也知道，禁酒从长远看也许会延长寿命，但在近期，却会使眼下、使现在变得无以忍受。再说，在奥斯坦德，罗特的良知随时随地都在他身边，那是指斯蒂芬·茨威格，他会用所有手段来阻止他贪杯。和他一起进小酒馆时，罗特只喝牛奶，一方面省得遭受指责，另一方面也为做出这等过分听话服从状，来开茨威格的玩笑。茨威格对他就像一个母亲。他认为，贪杯会毁了罗特，毁了他的写作，尽管罗特一再强调，只有饮酒才能使他的艺术创作成为可能。“没有身体上的放纵，我无法修得文学正果。”一次他给茨威格这样写道。罗特的贪杯程度已经很深。他的腿和脚都肿得很厉害，几乎很难找到能穿上脚的合适的鞋。多年来，他每天早晨都伴随呕吐，有时几个小时。他几乎什么都不吃。去饭馆吃饭在他看来是一件非常邪乎的浪费钱财的事情，只有像茨威格那样的有钱人才会想到吃饭。尽管如此，茨威格仍每天劝他去吃一顿饭。在这年夏天的奥斯坦德，他竟然屡屡成功。

§

埃贡·埃尔温·基施的周围几乎总有他斗争性强的共产党同志。他们讨论政治局势时活像统帅千军万马的将军。他们商议抵抗欧洲法西斯主义的新对策，组织委员会，筹备召集各种代表大会，发出各种号召。维利·明岑贝格是他们圈子中颇富魅力的领导人。在魏玛共和国时期，他是全德国共产党的出版沙皇。他的出版帝国拥有发行量数百万计的各种日报、周刊和杂志。世界各地都有他的报纸。单在日本，日报就有十九种，他还拥有一家电影公司。维利·明岑贝格曾为共产党新闻界代表。现在，所有德国出版物，包括他的许多出版物在世界各国遭到发行禁令后，他便成为共产国际西欧宣传动员部的强力领导。他不是知识分子，甚至可以说同知识分子不沾边。他是一头熊，粗壮魁梧，年轻时当过鞋匠。他是一名工人，来自工人家庭，说着口音很重的图林根方言。他不参与党的路线斗争，不参与搞阴谋诡计。他是实干家，重视宣传。只要他出现，所有的人都会默不作声，不论大公爵、银行家，还是社会党的政府部长。他悄悄走过一个房间，也好似在穿墙而过。他的部下战战兢兢地看着他的脸色，以预测他一天的情绪状态。他是一个很有魅力的领导，总是由他最亲密的同事——“三个火枪手”簇拥着。他们是秘书汉斯·舒尔茨、司机伊米尔和朱佩——他的保镖。人们几乎没见过他单独出现。

维利·明岑贝格的脑子里整天都会涌出许多念头。汉斯·舒尔茨需将这些想法一一写下，还要下达任务，书写各种通告，常常要忙到深夜。舒尔茨腿有些瘸，谨小慎微，胆小怕事。明岑贝格发出指令，舒尔茨需一一写下。对他如何下达任务，亚瑟·库斯勒曾做过这样的描述：“给福伊希特万格[1]

[1] 福伊希特万格（Lion Feuchtwanger，1884—1958），德国犹太裔小说家。——译者注

写封信。告诉他文章已经收到。告诉他，我们需要他的宣传小册子，我们要将几万份弄到德国，是要抢救文化遗产，等等，剩下的留给他，问候加亲吻。还有，买了一本气象学的书，汉斯，了解一下低气压高气压什么的，研究研究莱茵河上的风是怎么个吹法，看看需要多少小传单，我们得把它们系在气球上，估计一下这些气球会在德国哪些地方落下。还有，汉斯，联系几家气球制造厂商，告诉他们这些气球要出口到委内瑞拉，一万个气球，让他们报个价。还有，汉斯……”汉斯忙得团团转。每项要求，他都要照办。此外，维利还有一个“猫爪子”——如人们给他起的绰号，就是奥托·卡茨[1]，或叫安德烈·西蒙尼——流亡时他这样自称。奥托·卡茨是明岑贝格的副手，不露面的维利的大使，他是他在世界上的脸面，首要的还是他的代言人。他会说多种语言，而明岑贝格只会说图林根土话；

---

[1] 奥托·卡茨（Otto Katz，1895—1952），奥地利捷克裔作家。姓氏卡茨“Katz”是猫的意思。——译者注

他是一位出色的记者，明岑贝格却绝没有这方面的才干。如果要以明岑贝格之名，向全世界富有的同情者募捐，奥托·卡茨便是最合适的人选。他贯彻执行明岑贝格的宣传策略：要让为此出钱的人感到，他属于这个事业，并能够与之建立起内在联系。出钱越多，这种联系就会越紧密。如此这般，明岑贝格的阵营一直扩展到自由党派的富有阶层。

在这个世界上，对他的上司及其事业，卡茨是非常理想的人选。他待人亲切和蔼，人又聪明幽默，面庞线条柔和，有些狡猾，总是言谈风趣。吸烟的时候，他会闭上左眼。慢慢地，这成为一种癖好，甚至只要他思考问题，不抽烟时他也闭上左眼。他是布拉格人，曾是柏林诺伦多尔夫广场（Nollendorfplatz）欧文·皮斯卡托（Erwin Piscator）剧场的主管。遇到明岑贝格时，他正背了一身税债，彻底破产，悲观无奈，差点走上自杀绝路。明岑贝格当即雇他到报社工作。如果有人问，他是怎么认识卡茨的，维利·明岑贝格很喜欢这么说："我把他从护城河里钓上来的。"

1905 年出生于布达佩斯的记者亚瑟·库斯勒也是这个圈里的人。他从明岑贝格那儿得到资金，在奥斯坦德附近的布雷德内接着写他的“好兵帅克”。他一边写作，一边观察评价明岑贝格和他的工作人员。看到他们之间的争风吃醋，他怀疑奥托·卡茨给莫斯科打他上级的小报告。明岑贝格不太受党内理论家们的容忍，不被极端正统派、极端左派、德国共产党的乌布利希[1]和皮克[2]看好，他们力图推翻他。设在莫斯科的总部也对他的特立独行报以不信任的眼光。明岑贝格预料到他的倒台，他也怀疑卡茨在暗中监视他，不过他需要他。只是，在副手面前，他丝毫不掩饰他怎样地轻视他。

事后，亚瑟·库斯勒将这些都写了出来。他那时与党的关系也已经太过独立，或可能太过犹太式了。早年他是犹太复国主义者，20 年代时，他曾激

[1] 乌布利希（Ulbricht，1893—1973），德国共产党政治家。——译者注

[2] 皮克（Pieck，1876—1960），德国共产党政治家，民主德国总统。——译者注

情满怀地前往“神圣之国”[1]，但很快不得不在巴勒斯坦的海法经销果汁。他头脑比较清醒后回到柏林，在乌尔施泰因[2]的《柏林午报》(*B.Z. am Mittag*)当起记者。为写报道，他穿越过苏联，去过中东，还乘飞艇飞过南极上空。两年前，即1934年，他第一次获得出版上的成功，那是他编写性百科的第一卷。现在他流亡他乡，仍受着党组织的关照，依赖党提供的资金生活。

罗特撞到这组人马时，对基施桌上的这些共产党人，他总做出一副根本没瞧见的样子。即使他们对他——这位君主政体拥护者冷嘲热讽，他也显得充耳不闻。罗特的眼睛与耳朵只落在基施身上，他对他很有好感。他喜欢他的幽默，他的热心，他的诚信。由于他的帝国情怀，约瑟夫·罗特对很多人

[1] 神圣之国(Heiliges Land)，指当时的巴勒斯坦地区。——译者注

[2] 乌尔施泰因(Ullstein，1826—1899)，德国出版商。——译者注

对他的嘲讽都不能容忍。但对基施没有这种问题，他甚至很喜欢。是啊，即使在这个夏天他的确没有兴趣见搞笑活宝，基施仍会令他感到轻松，让他爱这个夏天。“嘿，瑟普[1]，”他果真叫约瑟夫·罗特为瑟普，只有他可以这样叫，“你那位皇帝来斯滕奥克尔泽尔[2]做什么？早餐时他会戴上皇冠吗？”他向他询问那位遭流放的皇位继承人。罗特十分友好地、庄重地、静静地答道：“会的，那是一个看不见的皇冠。”

*

紧接着，报上报道了君主制拥护者、右翼领导人约瑟·卡尔沃·索特洛[3]7月13日在西班牙遭谋杀

[1] 瑟普，对约瑟夫的一种简称。——译者注

[2] 斯腾奥克尔泽尔（Steenokkerzeel），比利时的一座城市。——译者注

[3] 约瑟·卡尔沃·索特洛（José Calvo Sotelo，1893—1936），西班牙政治家。——译者注

的消息，7 月 17 日，在法西斯将军弗朗西斯科 · 佛朗哥[1]的领导下，西班牙发动首次军事暴动，反抗通过民主选举产生的人民阵线政府。从那时起，基施的桌子成了人头攒动的共产党人的战斗队与新闻中心。他们大家都知道，这个西班牙内战是意识形态之战，欧洲列强之战，是欧洲未来战争的试验场。纳粹德国会如何反应？墨索里尼的意大利呢？苏联呢？对于法国新当选的人民阵线政府，这又意味着什么？

最重要的是：如何能鼓动欧洲国家，鼓动那些非法西斯国家，站到西班牙政府一边来进行干预？亚瑟 · 库斯勒第一个做出坚决表示，要去西班牙，并且马上动身。明岑贝格阻止他道："你去那儿干什么？钻战壕？那对我们有什么用？"此外，他要向他传达一个消息：党组织对他的那本"帅克"书不感兴趣，他可以停止写作了。这对库斯勒无关紧要。

[1] 弗朗西斯科 · 佛朗哥（Francisco Franco，1892—1975），西班牙国家元首。——译者注

要紧的是，他要去西班牙。现在他还有匈牙利德文报——《佩斯特劳因报》（*Pester Lloyd*）的记者证，所以，他有进入西班牙的可能。忽然明岑贝格眼睛一亮。说，这不错啊，匈牙利反正是半个法西斯国家，很好，很好。而且比起钻战壕，他现在有个更好的主意。“你可以直接去佛朗哥总部，到那儿看看。”他面带舒心的微笑说道，其目的是：要为佛朗哥找到适宜德国和意大利介入的证据。就这样，库斯勒上了路。

对这一切，约瑟夫·罗特只能看出些皮毛。他对战争的紧张状态一无所知。不过，几个星期以来，他的奥地利局势也越来越糟。1936 年 7 月 11 日，他的祖国与纳粹德国签订了协约。也许这应是好事？也许这是舒施尼格[1]政体的一个明智之举，以使自己长此以往免受新德国越来越强的影响？对

[1] 舒施尼格（Kurt Schuschnigg，1897—1977），1934 年成为奥地利第一个共和国总理。——译者注

此，约瑟夫·罗特绝对不抱任何幻想。这是奥地利走向灭亡、让纳粹德国吞并的又一举措。协议中规定，释放全部在奥地利被禁的德国纳粹党的入狱成员，解除一些德国报纸的发行禁令。此外，舒施尼格政府还有义务将两名纳粹党成员，一个作为部长，另一个作为国务秘书，纳入政府。奥地利总理希望通过这个协议，永远保住奥地利的主权。可他又将门为德国人打得开了一些。他不是第一个，也不是最后一个希望通过让步使希特勒永远满足的政治家。这是——一个软弱的表现。此时，没有谁能像那站在比利时海滩上的两个奥地利人，对此看得真切。这两人中的一个，身着紧身制服裤，他看得尤其清楚。

§

他直接搬到她那儿去住了，就在他们在花儿咖啡馆初次相识的几天之后。他同她住在王冠酒店，可以眺望到火车站和帆船码头。这令其他人不敢相信。这个晒得黝黑、懂得快乐生活的年轻女士，怎么和离不开酒杯的罗特走到了一起？这怎么可能？日后会怎么样？“她一定想劝他别喝酒了，他呢，则要她开始习惯喝酒。我觉得他会赢。”基施说。斯蒂芬·茨威格不太相信，不过开始还是高兴了一阵。因为他看到，他的老朋友又怎样打起精神，有了生气，看到这段关系怎样帮助了他，让他走出了与曼嘎·贝尔分离的阴影。可很快他又担心起来——他本来就是个“操心大哥”，当他看到罗特与科伊恩坐在一起，烧酒下肚的数量又有所增加时。因为那个比利时的禁酒令，正如有人说的，对于科伊恩和罗特这样的饮酒行家，是太容易躲过了。

科伊恩这样描述过：“可惜，比利时的饮料普遍太糟。因而毫不奇怪，在这样一个禁饮白酒的国家，酒精中毒如此容易。请问，在这儿能喝些什么？啤酒味道太差，葡萄酒只有特别贵的才能喝。那些甜的开胃酒，顶多喝上四杯就能让人恶心，还让人头疼。当然，我可以找到喝烧酒的地方。烧酒总是很贵，质量说得过去的几乎从来没有。一个作家得挣足钱，才能在他写作小说的最后八九个星期，每天喝上一两瓶像样的干香槟。这样你才可以在这糟糕的时代，营造出适宜的氛围来工作，且不会生病。”

伊姆加德·科伊恩将这封信寄给她在美国的情人时，她已经与约瑟夫·罗特——这位流亡比利时的脾气乖戾、总是骂骂咧咧的愤恨之王，同居一个月了。这几个星期里，他们常常大笑，直到两人都流出泪水。他们很喜欢拿斯蒂芬·茨威格开玩笑，笑他的善良，笑他对人的内在善良毫不动摇的天真的坚信，笑他对人类的爱。“这简直不可能是真的。”罗特总这样说，尽管他对茨威格了解得很清楚。

比如一次，茨威格把他带到一个上好的裁缝处，要为他做一条西装裤。裁缝量了尺寸后，拒绝按照罗特的要求，为他做紧巴巴的制服裤。不过对做出的裤子，罗特仍很满意。第二天，他和伊姆加德·科伊恩及赫尔曼·凯斯滕，坐到农贸市场跟前一个像啤酒桶似的小餐桌旁，他要了三杯甜果酒，然后一杯接着一杯，倒在他外套上，他的女友当即鼓掌叫好。赫尔曼·凯斯滕后来这样回忆。“您这是干什么？”他问。“我要惩罚斯蒂芬·茨威格，”罗特说，“百万富翁都是这副模样！他们带我们去找裁缝，做这裤子却忘了还得买件外套！”三天后，斯蒂芬·茨威格又让他去裁缝那儿做了件外套。“他是一个天才，”茨威格对凯斯滕说，“他的天赋就像魏尔伦[1]，像维庸[2]！”罗特很为他的新外套骄傲，也高兴——他在茨威格跟前不会再感到太寒酸了。

对凯斯滕，他们也能开些玩笑。关于他写的坏

[1] 魏尔伦（Verlaine，1844—1898），法国象征派诗人。——译者注

[2] 维庸（Villon，1431—1474），法国诗人。——译者注

书。关于他的大肚皮，以及他认为如果他把肚子别在小餐桌下面，就不会被人注意到。如果凯斯滕不在跟前，罗特会称他为“钻石赫尔曼”，因为他之前曾与他妹妹经营过一家钻石商店；至少，罗特坚持这样认为，虽然除他以外，没有人听说过这件事。其实，文学之外，赫尔曼·凯斯滕只在一家商店工作过，那是他母亲的旧货店。

两年前凯斯滕写了一个奥斯坦德的故事，发表在克劳斯·曼[1]主编的流亡杂志《藏品》上。那是一个发生在比利时田园般美丽夏日里的悲惨故事：“那个晚上，第一颗星星刚在天际处晶莹升起，地平线上，绿蒙蒙的一片，一艘轮船正冒着烟气，从英国方向开来。珠宝商和其他游泳者，从沙地里挖出一具女尸。尸体已经腐烂，但衣服还很新，很漂亮，只是沾了些沙子。死者身材苗条姣好，只是她的脸看起来很可怕，海洋一样的颜色，又绿又蓝。嘴大

[1] 克劳斯·曼（Klaus Mann，1906—1949），德国作家，托马斯·曼的儿子。——译者注

大地张着，里面全是细软闪亮的沙子，很可能是被埋入沙石里时，她喊叫了。”

赫尔曼·凯斯滕讲述的是一起谋杀案。被害人是安德丽娜老师，一位虔信的奥斯坦德裁缝的女儿。这是个精心安排的可怕的谋杀。“她死得很可能很悲惨，适于登在报纸上来耸人听闻，只是她的生活更悲惨。”他讲述了她令人失望的恋爱，讲述了她在布雷德内的沙滩上遭强奸，手无寸铁地遭到活埋的故事。之后，两个无辜者被定罪、被处死，而那个叫保罗的男孩，本来可以制止冤判，却没有吐露实情。最终，两个真正的杀人犯，和他们的两个同伙还是受到了处罚，被绞死了。凯斯滕讲述着，清晨时分，渔船驶往公海、驶入夜幕的灯光；讲述了一个名为“墨西哥”的舞厅，里面的狂欢气氛，讲了7月里五颜六色的彩灯，海鸥鸣叫；还讲了那个保持沉默、只想看看会发生什么的男孩。结尾，他写道：“最好还是做一下交代，事关那个男孩保罗的。由于他的怪脾气，两个无辜的老实人丢了他们的脑袋。如今这个男孩十五岁了，已经可以写出美丽诗行，这意味着他拥有相当被看好的做诗人的天赋。

这孩子胃口好。睡眠也安稳。他的学习成绩总体令人满意。在温暖的夏夜，特别是在月圆之夜，恋人们总喜欢躺到沙丘脚下。那是人们发现美丽的安德丽娜——她窒息而亡，张开的嘴里全是沙子，因为她要大声喊叫——的地方。”

凯斯滕写了奥斯坦德的海滩，写了布雷德内的沙丘，还写了对杀人犯闭口不言的诗人，沙滩上的情侣，窒息前的喊叫，写了残暴。凯斯滕为海滩上的这座流亡城市，竖立了一座文学纪念碑。每年夏天，作家们都来这里。

*

终于，托勒夫妇也来了，从伦敦出发，乘船从多佛尔直接到了这里。他们是明星，走到哪儿都罩着美丽和名誉的光环。社会主义者和他的女神，人们这样称他们。克里斯蒂娜·格劳托夫（Christiane Grautoff，1917—1974）是演员，她美丽得耀目，看上去有种令人难以置信的年轻。前些天，她还在伦敦的一个舞台上，在托勒的话剧《再无和平》（*No more Peace*）里演了雷切尔，这部话剧由W. H. 奥登[1]译成英语。她的演出获得了好评，她爱她在伦敦的演员生活。作为剧作家和革命先锋，恩斯特·托勒在当时整个欧洲享有盛名。他是魏玛共和国时期备受赞誉的剧作家，还是巴伐利亚苏维埃共和国时期的民众领袖——由于他的革命行动，他被处以五年有期徒刑。但这五年牢狱生涯并未摧残他的意志，并未减弱他的创作热情、革命激情与斗志。6月19日，作为旨在保护文化的国际笔会主席，他在伦敦召开的协会大会开幕之际发表了一个讲话。他呼吁："没有谁可以逃脱当前的斗争，特别是在现在，在法西斯主义将极权统治当作法律来推崇的现在。独裁者要求作家做顺从政体的传话筒，独裁者的这种要求有一个好处，它让我们开始自我反思，

[1] W. H. 奥登（Wystan Hugh Auden，1907—1973），英国诗人，后成为美国公民。——译者注

让我们再次珍惜赞赏那些因常被滥用而被低估的精神价值。”这也出自他个人的经历，他要给予政治上的解释，他宣称：“只有失去过自由的人，才会真正学会爱自由。”讲话结束时，他将他的生活教训、生活使命总结坦言道：“我们爱政治并不是因为政治本身。我们今天之所以参与政治生活，是因为我们相信，我们的斗争是为了让未来人类，从无望的利益争执——即今天所谓的‘政治’下得到解救。我们知道我们的工作条件。我们是笔耕者，我们不知道我们是否有收获，但是我们已经知道，‘命运’不过是一个借口。我们要创造命运！我们要面对现实，勇敢面对人性。”

许多早已倦于斗争的流亡者，在恩斯特·托勒那儿受到极大激励和鼓舞。是他清晰的思路，他的独具慧眼，他的拒绝放弃，他对拼搏精神的一再呼吁，他对流亡的乐观情绪激励了他们。他的讲话、鼓励之所以具有很强的说服力，是因为他所讲、所述主要针对他自己。曾经恩斯特·托勒患有严重的抑郁症，有时会厌倦生活，悲观消极直至趋于自暴自弃。他的情人、并于去年成为他妻子的克里斯蒂娜多年以后会讲出他的故事。比如他们出门旅行时，他总将一根绳子放在行李箱最上方，以便他任何时候都可走上终途。

从表面上看，在流亡者中间这两人的生活最富光彩。春天两人驾着跑车，沿着法国蓝色海岸一路兜风，从一个地方驶到另一个地方，只为了在哪儿都不多做停留。恩斯特·托勒有时会长时间地不能写作，什么也写不出来，他在一张白纸前苦思冥想，最后只能跳进轿车，逃之夭夭。这种情形经常会有。“于是我们在海岸上开上开下。在蒙特卡罗，我在赌场赢过 500 法郎，我当时觉得差不多富得能开银行了。我们在尼斯遇到谁了？不记得了。抑郁时，他驾车狂奔，我就跟着他。”

1932 年夏，恩斯特·托勒与克里斯蒂娜相识时，她十四岁。那时她已经是一个“神童明星”——

人们这样称呼她。她与弗里茨·科特纳[1]一起演过话剧，与亨尼·波滕[2]演过电影；她还是那年马克思·莱因哈特[3]传奇般导演的《仲夏夜之梦》及卡斯特纳[4]的电影《埃米尔与侦探》中广受追捧的影星。评论家阿尔弗雷德·克尔（Alfred Kerr，1867—1948）曾这样写道："她还是个孩子，还不能预料自己都说了什么。"不过她那时也许已经能预料到不少了。不管怎样，她那时经常走访已近四十岁的剧作家恩斯特·托勒。那时候，托勒与他的出版商朋友弗里茨·兰德斯朵夫（Fritz Landshoff）住在一个公寓。一天，托勒有些尴尬地询问弗里茨下午在不在家，他有客人来。弗里茨安慰道，不在，要去出版社。那天兰德斯朵夫下楼时，一个女孩刚好上

[1] 弗里茨·科特纳（Fritz Kortner，1882—1970），奥地利演员。——译者注

[2] 亨尼·波滕（Henny Porten，1890—1960），德国演员。——译者注

[3] 马克思·莱因哈特（ Max Reinhardt，1873—1943），奥地利戏剧与电影导演。——译者注

[4] 卡斯特纳（Kästner，1899—1974），德国作家。——译者注

楼，“那是一个非常年轻、非常可爱的金发女孩。”看起来还很眼熟。晚上，托勒告诉他，说克里斯蒂娜·格劳托夫来过。后来她做过这样的描述：“ET[1]和我的关系非常奇特，完全是柏拉图式的。首先，我真的还未成年，其二 ET 很怕处女。我们聊了很长时间，关于他的生活、我的生活，他的想法、我的想法。我在他的诗里游泳，就像游在一个不透明的池塘里，池塘里漂着睡莲，我会时不时地摘下它们。”

1933 年纳粹邀请她在宣传电影《汉斯·韦斯特马》中扮演角色，她拒绝了，随即同恩斯特·托勒一起流亡。1935 年 5 月，在她刚满十八岁时，他们在伦敦结婚。

她同他所到之处，她的青春美貌都令作家们惊得几近疯狂。在尼斯，阿诺德·茨威格[2]甚至有一次跟在他们后面爬过了窗户。“这个可怜的家伙，这

---

[1] 恩斯特·托勒德文姓名的缩写。——译者注

[2] 阿诺德·茨威格（Arnold Zweige，1887—1968），德国作家。——译者注

么爬上爬下肯定很不容易，他这么胖，而且又看不见。”克里斯蒂娜·格劳托夫过后这样说。对流亡人的晚间聒噪，她从来不感兴趣：“他们总是讨论，有时候作家诗人朗读他们的诗句或作品。我织着我漂亮的安哥拉羊毛毛衣，给ET的，我的意见都织在里面。我有很多话要说，但沉默着，主要是他们的谈话都太老了，太枯燥了，总是从自己的角度讲，肯定会偏颇没道理。可是他们偏偏总有理，那时我的毛衣就织得更快些，这样我的注意力可以分散些。”

但她还是很高兴能来到这儿，很高兴在沙滩上与吉泽拉·基施和伊姆加德·科伊恩在一起，他们仨都很喜欢游泳。天气好的时候，恩斯特·托勒也来，他很为自己的运动能力自豪，他游得很远、很远，以至克里斯蒂娜为他的生命安全担心。

他非常容易吃醋，很少让她脱离自己的视野。此外，他还总为她的温柔、她的天真幼稚、她对善良无条件的信赖担心。比如他禁止她同埃丽卡·曼[1]过

[1] 埃丽卡·曼（Erika Mann，1905—1969），德国作家。托马斯·曼的女儿。——译者注

多聊天。她很堕落，他说。不过，她可以同克劳斯·曼说话，甚至可以同他建立友谊。但这年夏天，这对曼家姐弟不在奥斯坦德，前不久，姐弟俩刚同朋友安妮玛丽·施瓦岑巴赫[1]和弗里茨·兰德斯朵夫驱车穿越西班牙，一直开到了马略卡岛的海滩——这个夏天的晚些时候，那里落下了炸弹。不然，只要有三个以上的流亡者在海滩聚会，这两个曼家子女几乎总在场。大多数人会匆匆离去，如同他们匆匆到来。

托勒让妻子加以戒备的第二人，却恰也在奥斯坦德。不过，在这位忧心忡忡的剧作家看来，情况倒不算紧迫。后来克里斯蒂娜写道："我被允许结识约瑟夫·罗特，尽管他是一个虐待狂，不过他又是受害者——他有一个天堂般美丽的女友，所以ET觉得他对我没有什么危险。他总是保护我，教我怎样看到人的背面。"

---

[1] 安妮玛丽·施瓦岑巴赫（Annemarie Schwarzenbach，1908—1942），瑞士女作家。——译者注

约瑟夫·罗特——是虐待狂？这个夏季的一天，埃贡·埃尔温·基施这样笑道："对女人，瑟普就是希望有那么点顺从。"这样说来，罗特选上伊姆加德·科伊恩，是个错误选择。"我们在夜路上驱车，所有的灯都悠悠地打开了。我将头枕到弗兰兹的大腿上。我要表现得比我本人弱小，这样他才会感到自己的强大，感到对我的爱。"在奥斯坦德，她将这段文字写进她的小说《午夜过后》（*Nach Mitternacht*）。她是个既聪明又有主见的年轻女性。她小说中的这段文字，实际上适合所有在这个比利时的夏天不断增长的流亡队伍中的大多数女性。她们要表现得比她们本身弱小，以使男人感觉自己强大，这里包括少言寡语的洛特·奥特曼、吉泽拉·基施、明智地织毛衣的克里斯蒂娜·格劳托夫，还有维利·明岑贝格的妻子巴贝特（Babette）。巴贝特出身于波茨坦一个大富豪家庭，她美丽、文静、高贵，说着不带一点方言的标准德语。她打量她那图林根大熊的眼里常带有微妙的嘲讽，不过，她恐怕永远不会想到，要对他匆忙高声提出的论点及要求予以反驳。

§

大家又一次坐进了花儿咖啡馆，这备受打击的一群人，还想在这个夏天，再感受一次作为度假客的滋味。再试着做出无忧无虑的模样。几年来，他们一直在过着悠长假日，最后会是别的样子吗？他们背井离乡，不论在巴黎、尼斯、滨海萨纳里、阿姆斯特丹，还是在马赛、奥斯坦德，都是与友人四海为家。可总是要回家的。只是，是什么时候呢？这个问题越紧迫，被提及的可能便越少。这个长假延长的日子越多，返回的可能便越小。这点每个人都知道。但谁都闭口不谈。保持乐观就是责任。行李箱里装着的那根绳子，没有谁说出来过。

同样，此时，大家都尽力不马上提及政治，都尽力不马上谈起当天的坏消息。但这无济于事。非政治性话题根本就是不存在的。

埃贡·埃尔温·基施谈起体育。也就是说，谈起这几天的重要话题：马克斯·施梅林[1]。基施认识他很长时间了，并且很钦佩他。住在柏林沙米策尔湖畔时，他们是邻居，他的很多次拳击赛他都在场。最近一段时间，他从媒体上注意到，对于纳粹政体的施压：让他离开捷克籍妻子和他的犹太经理乔·雅各布斯，施梅林给予怎样的拒绝。基施当然阅读了所有关于6月19日纽约那场拳击赛的报道，对他的钦佩赞颂几天来已让一桌友人听得不耐烦了。基施向大家描绘了施梅林如何将“褐色炸弹”乔·路易斯（Joe Louis）击倒在地。尤其是，在比赛之前，他就以对对手弱点冷静果敢的表述给美国人留下深刻印象，他说：“I have seen something.”这就是基施极爱的施梅林式轻描淡写的方式。“哈！他说‘我看到了什么！’好像我给他提过建议似的！”基施激动地说，“这句话里，谦虚、自信、秘密都包括

[1] 马克斯·施梅林（Max Schmeling，1905—2005），德国重量级拳击手。——译者注

了！马克斯是咱们的一员。”接着，他对同桌又讲了一遍，马克斯看到的到底是什么：原来乔·路易斯左臂刚在一次比赛中受了点伤，不能完全提起，这正好为进攻造成了决定性的空隙。这样，在十二个回合上，被认为不可战胜的乔·路易斯终于被击倒在地。基施很喜欢按照自己的想象，模仿这决定性的一击。“可是现在，他竟然在美国为纳粹的奥运会做宣传广告。”基施兴头正高时，凯斯滕来了一句。于是他们的话题转移了。这些天来自柏林的首要新闻，是关于奥运会的筹备工作。这个德国首都要迎接全世界的客人。几星期前，这个政体开始装扮自己，扯下仇外和反犹太主义的丑陋外衣，换上一副文明友好国际性国度的模样。所有“对犹太人禁止”的牌子都被撤走了。“你们听说了吗？”这时托勒问道，“几星期前《冲锋队员报》[1]遭审查了。不是因为反政府的内容，而是因为反犹太人的文字。”“好

[1] 《冲锋队员报》（*Die Stürmer*），纳粹德国宣传反犹思想发行量最大的周报。——译者注

啊！那他们现在可以卖白纸了！”罗特讥讽地苦涩地笑道。

事实上，他们担心的核心是：世界在被这个柏林之夏愚弄。戈培尔会成功的，他要麻痹全世界，让全世界相信纳粹政体的和平意图，加强德国毫无威胁性的观念。英国已做出要减少海上军事舰队的打算。国际联盟还取消了由于意大利入侵阿比西尼亚而对意大利采取的制裁。墨索里尼的意大利一片欢庆。和意大利一起欢庆的是德国。

为在和平中生活，这个世界只想睡觉。奥斯坦德的这小伙人群，痛恨自己的无能无力，他们痛恨直至绝望。

对于这个月初听到的，来自日内瓦的消息，他们干脆一字不提。日内瓦举行国际联盟全体大会期间，捷克犹太人记者斯蒂芬·鲁克斯（Stefan Lux）自杀身亡——就当着全体与会人员的面，为了抗议这个联盟及全世界对德国暴行的无所作为。他的自杀引起的反响是：短暂的震惊，对此等极端举动的轻微反感，耸耸肩头，继续前行；还有裁军、商谈时事，以及为在柏林举行的奥运会做准备。太可怕了。这个自杀正是一个烽火信号，可这个世界对此置之不理。唉，这个夏天，每个人都想干脆不谈起这个斯蒂芬·鲁克斯。

但埃德加·安德烈[1]的事情则完全不同。所有共产党员，尤其是基施，对他的身世了解得非常清楚。安德烈是一个共产党人，1894 年出生于亚琛，他父亲早逝后，他在比利时的一家孤儿院长大。在魏玛共和国时期，他属于恩斯特·台尔曼[2]小圈子里的成员，在汉堡他是很受爱戴的劳工领袖。国会大厦纵火案发生后，他像基施一样遭到逮捕。与基施不同的是，安德烈至今仍在遭受关押监禁。他被指控叛国，并企图在汉堡谋杀一个冲锋队队员。对此控告，证据少得可笑。此外，鉴于即将举办的奥运会，在德国一直关注此次审理的众多外国记者都对此做了

[1] 埃德加·安德烈（Etkar André，1894—1936），德国共产党政治家。——译者注

[2] 恩斯特·台尔曼（Ernst Thälmann，1886—1944），德国共产党主席。——译者注

详尽报道。在这儿——奥斯坦德，没有人能料到审判结果竟是：他被判处死刑。所有的人都震惊了。

当他们听到这个死亡判决时，这样一种时刻出现了：嘲弄停止了，敌对阵营也消失了。这种状况也同样出现在斯蒂芬·鲁克斯自杀身亡之后。在这些时刻，他们能自觉意识到自己的无能为力，以及敌对力量的无比强大。淡化仇恨与恐惧，盼望着复仇的那一天，就是这些天里这些流亡者心中的主要感觉。他们都读到了埃德加·安德烈在法庭上的最后陈述。那是一个自知是无辜者的激昂与自豪，是一个虔信者的自我确认："你们的光荣不是我的光荣，因为我们世界观不同，我们的阶级不同，我们之间隔着深深的鸿沟。如果您要将这里的不可能变成可能，要将一个无辜战士押上断头台，那我已准备好，迈出这沉重的一步。我不需要慈悲！我生为一个斗士，也要作为一个斗士死去，我最后的话是——共产主义万岁！"

对此有什么好谈的？他们之中没有一个人会怀疑，判决会被得以执行。同样，几乎没有一个人怀疑，一切都会变得很糟。但丧失勇气是不允许表现出来的，在这海边，悲观绝望是犯罪。

那好吧，那就一起聊些他人的闲话吧。而且往往夜越深，闲聊的兴致越高，讥讽也越尖刻。比如，他们聊克劳斯·曼。还好，他不在跟前。《巴黎日报》上有关他新小说的预告，实在太尴尬了。凯斯滕尤其不能止住他的笑：6月20日这份报纸的第一版上，编者宣布报上将连载他的最新小说《梅菲斯特》(*Mephisto*)。整个流亡圈早就知道，克劳斯·曼在写一部小说，小说中他将他前姐夫古斯塔夫·格林德根斯[1]几乎直接写成了当代机会主义者的样板。而在《巴黎日报》的通告上，干脆为这部小说加上了一个“影射小说”的副标题，甚至将影射直接与格林德根斯连在了一起，这就有些尴尬了。可是，接下来克劳斯·曼在朋友和出版商弗里茨·兰德斯朵夫的催促下，又写了一份电报声明，结果更加剧

[1] 古斯塔夫·格林德根斯（Gustaf Gründgens，1899—1963），德国演员，国家剧院主管。——译者注

了尴尬程度，遭到所有人的讽刺挖苦。这个电报声明写道："我的小说不是影射小说。小说的主角是一个虚构人物，与任何特定个人无关。克劳斯·曼"。先是写了这么一部明显的报复小说，在它出版前还做出耸人听闻的通告，然后又做出无可奈何的更正——对这些坐在花儿咖啡馆里识多阅广的作家们来说，这也太过幼稚莽撞、有欠斟酌了。尽管对托马斯·曼的这位敏感、积极的帅儿子，大家本来还是喜欢的。只是他的书写得也太快了点儿，他太容易让自己陷入一种热衷。他是一个急性子，一个激流勇进者。但对他的书，尤其那本仍在巴黎那份流亡日报上连载的《梅菲斯特》，大家太愿意在闲聊中笑谈了。只有斯蒂芬·茨威格告诫那个津津乐道挖苦损人的凯斯滕，应当把这些话直接说给他的朋友克劳斯听。

他是不会这样做的。茨威格也知道其中的原因。现在凯斯滕之所以如此嘲笑这位朋友的笨拙，主要原因是，克劳斯·曼写的这本书实际上是他的。书中的所有设想、故事、人物，一切都出自大约半年前，凯斯滕为克劳斯·曼提供的书写题材。只是克劳斯·曼以极快的速度将之写了出来，当然又太快了一些。凯斯滕一半指责，一半忌妒地说。他就是不能相信，克劳斯怎么这么急就将这些故事写到了纸上。因而他现在，要以他的忘乎所以，他的无所谓，他的善意天真，质疑这整个成功。

1935年11月15日，凯斯滕在阿姆斯特丹给克劳斯·曼的信中写道："兰德斯朵夫告诉我，您在为您的新小说搜寻素材。因为我为我自己，为我的新小说，做了这样那样的考虑，并且想到，在对它们的处理上，我可能很糟，而您肯定会处理得很好。简而言之，我觉得您应该写一部关于第三帝国的同性恋野心家的小说，我想到了那个国家剧院主管格林德根斯，（如我所知）您对他的艺术能力持怀疑态度（书名可以叫《主管经理》）。我不认为您应该写一部政治性很强的讽刺剧，您应该是差不多将它写成非政治性小说，可以以莫泊桑永恒的《漂亮朋友》

（*Bel Ami*）为榜样，您叔叔[1]那本脍炙人口的《懒人乐园》（*Schlaraffenland*）就受到了这本书的帮助。也就是说，书里不要有希特勒、戈林、戈培尔这样的人物，不要搞宣传鼓动，不要有共产党的颠覆活动，不要有明岑贝格之流，不过要有比如那个柏林演员谋杀案，他的名字我现在一时想不起来。一切都要以嘲讽的口吻道出，那里隐藏着一个可感觉到的大激情……总之，要让这个首都自己讲述一个人如何能成为主管经理。我相信，您处理这种题材一定能成功，第三帝国的背景也可以为此提供很多机会。我同兰德斯朵夫谈了这些想法，他也有我这种看法。"

现在，茨威格向他提出了应有所检点的要求，于是赫尔曼·凯斯滕向整个圈里人道出克劳斯·曼这本书的题材及构思的来龙去脉是何以得到的等等详情。

这时，约瑟夫·罗特受到了提醒鼓励，他反过

[1] 指海因里希·曼。——译者注

去给一圈人讲起，他如何接受凯斯滕的要求，为他的第一部小说在《法兰克福日报》上写书评的故事。罗特读了小说后，觉得小说不是特别好，令人不知所云。他把这些写了下来，并在发表之前，专门寄给凯斯滕审读。文章最后两句是："这部小说我读不懂。也许凯斯滕是一位幽默大师。"凯斯滕删掉了头一句，最后一句话中的"也许"也让他画掉了。这样更好些，他向罗特表示。于是罗特按照凯斯滕的愿望，让他的书评发表了。

"赫尔曼，要是没有这篇稿子，你今天会在哪儿啊？"坐在一圈人中的罗特笑着问他。大家都笑了。他们都知道，像凯斯滕那样，同魏玛共和国的书评人有良好关系并会对此积极利用的作家，几乎找不出第二位来。他们也知道，约瑟夫·罗特其实很少读书，书评倒是写得不少。他写，却不读，因为他只讲关于这些书的故事，然后给出一些他觉得应该差不多的适宜的观点。他也喜欢为自己的书写书评。如果他心情特别好，有时还会来一通狠批。

这些天，他正好在读什么。并不为要写它，而是因为这本书的观点很适宜他的世界观。这本书是阿道司·赫胥黎[1]的《美丽新世界》(*Brave New World*)，出版于四年前，英文版与德文版的副标题都是:“世界——何去何从？”在桌上，罗特经常高声朗读书中有关未来规范化的监控世界的段落，惹烦了一圈人。未来将出现的是:“胚胎工厂！新人类！四岁性成熟，六岁半成年！这是科学的胜利！”罗特苦涩地笑着，还将这些句子一再重复读出来。

“瑟普！饶了我们吧！我们都知道了！”基施想打断他，“你的赫胥黎是个思想反动的外行！卓别林才是我们这个时代的天才！”现在轮到基施滔滔不绝起来。他讲起那次对卓别林的访问，讲在卓别林的私人放映室，卓别林给他看了所有他还没看过的电影，讲卓别林如何将手放在基施的膝盖上，在半暗的放映室里，在基施脸上寻找他的赞同、他的欣赏。“他那么不确定，同时又很自豪。”基施惊

[1] 阿道司·赫胥黎(Aldous Huxley，1894—1963)，英国作家，祖父为著名生物演化论支持者赫胥黎。——译者注

叹道。接着他讲起卓别林的最新力作——《摩登时代》，在座的大多数，都已在巴黎的电影院看过了这部影片。当然罗特与大多数人不同。基施又要讲下去时，罗特马上做了个怪脸。电影算什么！电影是魔鬼！是反基督的！“还摩登时代呢！笑死我了！”他讥讽道。但基施不受干扰，接着讲起流水线上的供料机，讲查理——他这样叫他——的哑剧，讲他怎样被卷入机器，讲他怎样穿着泳装跳入浅水池。讲这些段子是基施的拿手戏。花儿咖啡馆的一圈人，笑得差点都趴到了地上，连罗特的嘴角也不禁抽动起来。

是的，罗特讨厌电影，即使他一再催促茨威格，让他去美国办事处为他的书籍被拍成电影做努力。他需要钱，好莱坞的报酬又高，支付得又快，在当时可谓首屈一指。他们已经把《约伯记》拍成了电影。茨威格已经告诉了他，但罗特自己没看，现在茨威格在桌上向大家通告，说这电影让人笑掉大牙，因为它完全成了美国的情感剧。茨威格说：“罗特，您一定得看看，您肯定认不出来了！不过还是很不错！”“我才不会看呢。”他说。

时间就这样过去了。马鞭草酒打开了一瓶又一瓶，大家心情都放松了，也变得很过敏。一桌人都有这个感觉，此时只要出现一句不适当的话，人群中马上就能引起爆炸。基施还要讲《摩登时代》，该片的主人公当然不是查理，而是这个时代，是对工人的剥削，是无处不在的监控，是作为敌人的美国资本主义。接着，他们谈起法国和比利时的总罢工。虽然在这海滩，丝毫感觉不到什么，可是总罢工造成了全国瘫痪。几个星期以来，成千上万的工人都不去上班了。在法国，这种情况从6月初就开始了。“他们会胜利的！”基施喊道。工人们要求有法定假期，要求一周工作不超过四十小时，要求增加工资。看起来，凝聚起来的工会力量果真能迫使政府和工业企业让步。“还要求有带薪休假？你们说说，那样的话，到了夏天，这里会成什么样子？”凯斯滕问道，“现在就是度假的黄金时段，这儿已经闹哄哄，走路都不很方便了。”罗特、茨威格和女人们都笑起来。基施觉得这没什么好奇怪的。他觉得凯斯滕应该把冷嘲热讽留给自己，他和他的肚子总有放置冷嘲热讽的地方。

这下凯斯滕生气了，说，他肚子的事只同他自己有关，要让他说，所有的比利时人、法国人都可以到这儿来度假，他不反对，只要托马斯·曼不来就行。在这点上，这桌人又达成了统一，都做出了一副讥讽拒绝的样子。本月初，在布鲁塞尔举行的欧洲特赦会议上，托马斯·曼请人代读他的发言。发言内容不错，言简意赅，很有力量，这点大家其实都有共识。他要求德国当局，打开监狱大门，释放所有政治犯。只是他偏偏加上一句说，世界将会看到，统治德国的不是独裁专制，而是一种精神。“他真是疯了！会是什么精神？”托勒问。托马斯·曼犹豫了很长时间，才明确表示站在流亡者一边，这让他们很反感。为了不失去德国市场，他一直努力不僵化与德国当局的关系。这里的所有人差不多都对他失望已久。茨威格是剩下的唯一一个不参与此等调侃者。约瑟夫·罗特讲了一个传说：在有关这个大会的报告中，托马斯·曼被作为一个犹太人提及。为此，托马斯·曼专门做了公开更正。

"简直是个懦夫！"罗特还说，这位总是在寻求平衡和中立的《魔山》作者，偏偏有个错误姓氏——"男人"[1]，这简直是个误解。他早将之认作"它"了。

接着，他们都对最重要的德文流亡者报纸——《巴黎每日新闻》6 月 14 日的停刊表示气愤。这样一来，他们用自己语言写作的文章能够发表的机会就更少了！报纸停刊的原因是出版商、赞助者波利亚科夫（Wladimir Poljakow）与编辑人员，特别是与主编乔治·伯恩哈德（Georg Bernhard）之间的争执由来已久，后者曾是魏玛共和国时期《福斯报》的总编。伯恩哈德和编辑们指责出版商波利亚科夫与纳粹秘密勾结。于是，他们离开这家报纸自己办起一份名为《巴黎日报》的新报。在奥斯坦德的每个人，以及在巴黎的流亡者都知道，这个指控荒诞至极。据说相关人士已经成立了一个调查委员会，来调查这项指控。可谁都知道，不会找到什么证据的。然而，那份至少能售出一万四千份的报纸已不

[1] 曼的德文为 Mann，本意为男人。——译者注

复存在。这份新报——目前正在连载《梅菲斯特》，并发表了托马斯·曼的那份讲话——读者锐减，资金紧缺，预计很快又会停业。

难道只有坏消息吗？比如这件事算不算坏消息——出版商戈特弗里德·伯尔曼-菲舍尔在维也纳成立了一家新出版社，而彼得·苏尔坎普接管了留在柏林的老菲舍尔出版社？7月15日，伯尔曼-菲舍尔“向尊贵的图书业”宣布“成立一家新出版公司”。他要与所有老菲舍尔出版社的作者，或在德国出书已经不可能的作者合作；这些作者包括阿尔弗雷德·德布林、阿尔弗雷德·克尔、雅各布·瓦塞尔曼、卡尔·褚格麦雅，尤其还有托马斯·曼。又一家流亡出版社成立了！这样，在国外德国书籍的微小市场上，又会有更多德国文学。不过，这条消息也同样没有为这里的任何人带来真正的喜悦。

大家的情绪依然低迷、烦躁。不久前，匈牙利导演盖佐·冯·兹弗拉还冲撞了这一圈人。兹弗拉经常往来于柏林、巴黎、布鲁塞尔之间。在被不信任情绪浸染的气氛中，兹弗拉也不会正好就能改善众人情绪。只是基施喜欢他，他也是因为基施而来。同这里的绝大多数人一样，兹弗拉也很关注历史题材，他正在筹划拍摄一部关于马克西米利安（Maximilian）皇帝的电影。基施声称，他是这位皇帝私人医生的侄子。他讲述了奥地利皇帝弗朗茨·约瑟夫（Franz Joseph）的冒险计划：要让他弟弟马克西米利安大公在墨西哥加冕，以使他放弃奥地利大公的所有权利。罗特起先听得很感兴趣，可越听越觉得难以置信。终于他受不了了，喊道："别传播这种胡说八道的消息，埃贡内克！弗朗茨·约瑟夫决不会对自己的弟弟如此行事！""嗯，对，他对他的弟弟可能不会。"基施答道，不过他知道，马克西米利安实际上是拿破仑的孙子，拿破仑原来同大公弗朗茨·卡尔的夫人苏菲有暧昧关系。罗特听得目瞪口呆，他盯着他的朋友怒气冲冲地喊道："呸！呸呸呸！"说完从椅子上跳起来，二话不说，转身走掉。伊姆加德·科伊恩紧随其后。接着，目瞪口呆的一圈人也都缓缓起身，迈开步子，静静地消失在黑夜中。

§

伊姆加德 ·科伊恩爱着约瑟夫 ·罗特，没有谁像她那样能如此深切地看到他的内心。她知道，在这个夏天，他们俩主要因为孤独而走到一起。她爱他的孤独、哀伤，甚至爱他的希望。他希望能在身边永远地完全地拥有她。夜里，他们并排躺在床上时，他有时会用双手很深很深地拢入她的头发，好像他担心，她会在黑暗中突然消失。清晨，她把头发从他细长白皙的手指间慢慢抽出。他要呕吐的时候，她会紧紧地、久久地抱住他的头。在此期间，她读完了他的所有作品。而她的，他一本也没读过，但督促她写作他却一点不松懈。在给阿诺德 ·施特劳斯的信中她写道：她每天都和罗特在一起，举办“最单纯的写作奥运会”。她写作速度非常快，可是到了晚上，他们清点写作页数时，他的通常又多于她。

如果她实在累了，不想起床，不想去那个小酒馆写作，在他那儿也往往通不过。他说，她不是女人，而是一个战士，是对这个世界肩负使命的作家。因此，不能休息，没有时间休息。写作是一项神圣的职责，休息是罪过，他这样认为。这是他的人生法则。伊姆加德·科伊恩也愿意在这个法则下生活一段时间。

她爱他能笑话自己的天赋，他会笑话自己笨手笨脚、士兵似的呆头呆脑，以及了无英雄气概的人生。但她很快了解到，这并不意味着她可以笑着重复这些故事。他极易受伤害，极易哀愁，甚至连伊姆加德·科伊恩都想象不出来，到底什么事情又惹着他了。“他太容易受伤，对我他都得戴上面具。”后来，她对为他写传记的作家大卫·博森（David Bronsen）这样讲述道。

在她眼里，他是这样的：他在个人方面、小事方面同他在政治方面、大事方面是同样的。他思路清晰活跃，他将一切都看得很清楚，他能看到自己以及世界的没落。当然，他也看到了他推崇的君主体制是一种妄念，是儿童般的幼稚信仰，是他为了忍受生活、日复一日为自己编织的甜蜜谎言，是明显的想象，是一种虚幻的认知。作家正是这样产生的，因为他看到的、希望的与描写的世界，不是世界本来及将要成为的样子。

伊姆加德·科伊恩知道他的一切："在他的书里，罗特很喜欢沉浸在他的老奥地利君主制世界里。他是怎样充满绝望与热忱地愿意相信这个世界。对他来说这个世界——至少曾经——是他思想与情感的家乡。但他知道，他从来都无家可归，将来也还是这样。所有接近他本性的东西——人、事物、思想，他都能洞察到它们不完美的隐秘处，直至抵达某个冷点，那种冷可使最富生命力、最温暖的呼吸再次僵凝。他还在寻找对他的本性完全陌生的世界。他希望，那些世界会对他保持不可知性，会持续给他以吸引力。只是他不停歇创造出的想象，会一再毁掉他苦涩的理解力。如果魔鬼帮助他，让他相信自己，他也许会祝福魔鬼，称之为神。有时他觉得，自己处于理性主义与神秘主义之间幽灵般的空虚空间，远远脱离现实，他能感到无法抵达性的不可抵达，并深知它的不可抵达。他深受折磨，希望自己能摆脱自己，希望尽可能地去做，那些他一直不曾做的。”

最轻松的时光还是在写作的时候。“小兔子，我有一个新发明！”他朝坐在另一个桌子上的女友喊道，继而笑了笑，又马上沉浸在他的创造之中。他写的大部分内容，直接来自他在这儿看到的，谈过的。但等他写好后，伊姆加德·科伊恩几乎总是再难认出它们。“他反应敏捷，在他丰富的想象力中，这些东西已经成了别的模样。”而且，他总有好主意、好的文学创意，对现实生活中的问题也是如此。比如，伊姆加德·科伊恩抱怨说，她不知道该怎样让她那忠诚于纳粹的德国丈夫同意离婚——他一直不情愿。对此，罗特说，她应该给他写一张明信片，告诉他，在比利时她跟这儿的犹太人和黑人睡觉。后面的事，便水到渠成了。罗特很喜欢有好创意，不过他一直认为，这一切他得感谢烧酒。“如果你愿意，我可以告诉你，我书里的哪句话，得感谢卡尔瓦多斯白兰地（Calvados）。”他曾对佐马·莫根施特恩这样说。可惜的是，他的书刚巧不在手边。

他对女友很喜欢实话实说。你的长睫毛真好看，一次她对他说。对此，他说：是的，他知道。他解释道，这是很早很早以前一次眼睛感染的结果，那时，他的视力变得模糊，所有的眼睫毛都被拔光；那段时间，他总得跟一群盲人转圈散步，有时还会撞到墙上。不能解释的是，这之后他重新长出的眼睫毛为什么会变得这样又长又粗，不过这至少是个不错的故事。

茨威格很喜欢讲起罗特几年前的一件事。那年春天，他们见到一位出版商美丽的妻子。“基彭霍伊尔太太与这 5 月清晨多么般配。”茨威格对她赞美道。“您是没看到她 9 月黄昏时的模样。”罗特接上说。“瞧瞧，您可真是位出色作家啊！”茨威格颇受打击地说道。

约瑟夫·罗特常在伊姆加德·科伊恩意想不到的时候，表现得非常可爱迷人。无意中她说了句，她很想念德国的黑面包。罗特便注意到有一辆出租马车，车主人给他的马喂的就是黑面包。罗特跟着马车追上去，半个小时后，他站在爱人跟前，兴高采烈，怀里抱着一个大黑面包。

写作的时候——他们差不多总在写作——科伊恩和罗特坐在不同的桌上。她靠窗户，他则坐在小酒馆里面。他受不了阳光。他的眼睛、他的肿脚、他的皮肤、他的西装，他的整个人都不能适应夏日阳光。他们之间的距离，刚好在彼此可以唤到的地方。他们彼此观察着对方，看看谁写得更快些，谁喝得更多些。

他们共同的写作日，以早晨阅读《巴黎晚报》上的星座运势开始，以傍晚17点时茨威格的前来结束。他同她打个招呼，经过她的小桌子，走到后面阴暗的一角，那里坐着他的朋友。

最初，伊姆加德·科伊恩对茨威格有些疏远，她给美国故交的信中写道："茨威格是一个很精细的人，非常温和，能让人感到善良与仁爱的流淌。可是对他和他的书，我都无法接近。"他们彼此陌生着，保持着一定的距离。这里面的其他原因是：她对这个男人的“吃醋”，是他在约瑟夫·罗特的生活陷入混乱的当头，担起了一个忠诚体贴的“妻子”的角色；或许还有羞辱感，她不想看到她心爱的作家同这位有这种依赖关系；她不想看到茨威格在罗特面前有优越感；她不希望自己才华洋溢的罗特由茨威格供养。就这样，某种敌意逐渐形成，这位罗特最好的朋友在她充满敌意的目光中，很快成了这个样子：“他看上去很有装饰性。很符合一个影迷对著名作家的想象。他善于社交，举止优雅，衣着考究，眼里带着温和的忧郁。他讲述维也纳时，怀着深切的爱，会描绘出那些优雅多彩的生活画面。只是那种生活，正静静地、不可阻挡地过渡到败落消亡。”

如果罗特讥笑茨威格，那是因为要自卫；他竭力不让自己失去自尊，即使在这里，即使他身上穿着由这位大作家朋友支付的新西装。他每天都将它穿在自己身上，这份礼物是金钱世界里低下的象征。对此，约瑟夫·罗特在他的书里做了描写。他写金钱的光耀，写有钱的必要性，写如果钱永远花不完，世上的生活将有多么简单，写外边那些蠢读者怎样带给小说家他应得的尊重。

这些也是他刚刚写完的那部小说的内容。在比利时这家小酒馆的阴暗角落里，他重新写了这本书的下半部。这部小说就是《杀人犯的忏悔，夜里的诉说》。书中主人公古鲁迟克出生在约瑟夫·罗特家乡的某个森林地区，他在贫困中长大，从小没有父亲。他的亲生父亲，是充满激情但离得很远的富有的克卢特金侯爵，侯爵对他这个很早以前的激情产物一无所知，而且什么也不想知道。古鲁迟克一生都在为得到承认抗争，他当上了俄罗斯秘密警察的冷酷间谍，却爱上了卢泰娅，并追随她到了巴黎。他爱钱，对光耀亮相与时装着迷上瘾："我需要所有这些外在的确认，包括：为我和卢泰娅订制的服装，为我量体裁衣时裁缝的恭顺。在酒店里，他手指的动作尤其小心谨慎，好像我是一个易断易碎的木偶，量尺寸时，他好像连用卷尺碰我肩膀、碰我腿的勇气都没有。正因为我只是古鲁迟克，我什么都需要，需要那些可能会惹恼某个克卢特金侯爵的东西：那是门卫的势利眼神，餐馆及酒店服务员的低三下四，从他们那儿，我只能看到剃得光滑的后脖颈。还有钱，我也很需要钱。”

同罗特一起再次加工修改《杀人犯的忏悔，夜里的诉说》下半部的，就是茨威格。他读给他听，还将初稿交给这个好友过目。与茨威格的合作，意味着原稿需做很多改动，以致罗特必须从奥斯坦德给他的出版商瓦尔特·兰道尔写信，比如告诉他“从六十五页开始有很多改动”，最后两页上很多改动，非常重要。他没有写这些改动是谁的功劳，只是加上了一句：茨威格也在这里，很想见他。罗特知道，对于兰道尔及大家都知道的总是财政紧张的阿勒特·德·兰格出版社，茨威格有带来高额收入的能力，以及他广泛的交际能力多么重要，因而他要在信中创造这样一个会面机会，一切做得又好像只是顺便提提。兰道尔马上做出回复：“那，我星期三能不能来与斯蒂芬·茨威格先生谈谈？这样会很好的。”

可是，星期三斯蒂芬·茨威格不可能有时间与瓦尔特·兰道尔会面。这个夏天，在这个海边，他其实一点时间都没有。对所有的事都这样。他几乎收不到信件，收不到坏消息，收不到乞求信，收不到攻击——不是因为《异端的权利》那本书，不是因为遭他离弃的妻子和卡普齐纳山上的房子——收不到因为政治上极大克制招致的攻击，收不到因为乐于攻击而招致的攻击。他希望，在这北方他一生中的最熟悉的避暑胜地，他能得到安宁，这个安宁不是为自己，而是为他的工作。

他给洛特是这样写的："我们只在那里过简单的日子。"但在同一封信里他又加上一句，他期待陪他在海滩"过简单的日子"的，是"您加打字机"。不错，这封于6月底给他那仍是秘密恋人的信，显得颇为不近人情。他写道，他会通过电报与她联系，"这样您和打字机就能在一两天后来这里。"

7月3日，他从奥斯坦德给在伦敦的洛特发出了最后一封旅行说明。在第四条所需物件这项内，他又重复道："当然要带打字机。"茨威格主要想工作。因而，随后前来的，不仅是他的秘书兼恋人洛特·奥特曼，朋友加编辑的埃米尔·福克斯也说好前来。前几天，他刚从萨尔茨堡到了这里，为帮助茨威格，组织整理他的第二部短篇小说集，以便能在秋天由他的新出版社——赖希纳出版社出版。

福克斯做茨威格编辑的时间不短了，多年来，他们之间发展成了友好关系，两人都热衷下国际象棋。因而，这位编辑还被称为象棋狐狸[1]。如果晚上茨威格没同罗特坐在一起，那多半正与福克斯在一起，一边吸着雪茄，一边不出声地坐在棋盘前。

*

这就是说，在这里，茨威格有一个不小的写作工作室。他在这儿可以很好地、高效地工作，这种状态他很长时间没有了。狐狸可以独立整理那本短篇小说集，在此期间，茨威格写作那本《人类群星闪耀时》中的两小篇，其一是关于征服拜占庭的故

[1] 象棋狐狸，“福克斯”德文为Fuchs，意为狐狸。——译者注

事，另一个则是关于1917年列宁乘坐加封专列[1]，穿过德国抵达俄国的旅程。

写这两个故事对他来说不很困难，资料以前都收集好了，拜占庭的故事几乎是他现在正在写作的大故事的副产品。对这个大故事，他比以往任何时候都需要约瑟夫·罗特的帮助："我现在在写那部小说，"他前往奥斯坦德两个月前给罗特写道，"它更多的是个传奇，一个犹太传奇，是我通过很窄小的历史根据加高加宽的。我觉得，这会是个不错的故事，我这么说起来还是很不容易。在风格方面，我不是很确定。所以我需要您过目。"当然令茨威格不很确定的，不仅是风格方面，还有宗教方面，或者更确切地说是礼仪方面的内容。他在6月底给罗特的信中写道："如果在这个传奇故事里，能有您的文学认知，那将是我的荣幸。我们可以晚上一起彼此讨论，彼此教导，就像我们从前的那些美好日子。"

---

[1] 这里指列宁等革命党人从苏黎世乘坐德皇专列回俄国发动革命的经历，列车开动后不再允许任何人上下车，车窗也遮挡得很严实。——译者注

茨威格当时写作的小说，就是后来出版的《埋葬的烛台》（*Der begrabene Leuchter*）。那是七臂烛台的传奇故事。这个烛台从耶路撒冷抵达巴比伦，从那里回到原地后，由提图斯[1]带到罗马，被汪尔达人[2]抢到手后带到迦太基，经贝利萨留[3]之手，被带到拜占庭。最终，罗马的查士丁尼（Justinian）皇帝将之带回耶路撒冷，放置在一个基督教教堂，从那时起，烛台便永远消失了。这个斯蒂芬·茨威格在奥斯坦德要继续写下去并要写完的故事，是一个犹太式的永远迁移的故事。这个犹太教七臂烛台的故事，也是犹太人遭驱逐、失去家园的故事，是他们的希望永不枯竭的故事，这个希望便是，终有一天这永恒的迁移会有一个终结。他给罗特写道，他现

[1] 提图斯（Titus，39—81），罗马帝国弗拉维王朝的第二任皇帝。——译者注

[2] 汪尔达人（Vandalen），一个古代东日耳曼部落。公元 455 年他们从海上出发，6 月 2 日无情地洗劫了罗马城。——译者注

[3] 贝利萨留（Belisar，505—565），东罗马帝国皇帝查士丁尼一世麾下大将，北非和意大利的征服者。——译者注

在只能写“那些与历史相关的东西，对那些相关的内容做一些强化”。可实际上，七臂烛台一而再、再而三的失落，是一个无望的伤心故事。茨威格的这个故事，是通过犹太人本杰明·马内费施的视角来讲述的。马内费施还是一个小男孩时，经历了烛台遭到掠夺。他眼睁睁地、绝望地看着汪尔达人的奴隶，将罗马城的这个珍宝抬到他们的船上。他想从一个奴隶手中夺回烛台，手臂却遭到重击，他跌倒在地，就这样，烛台似乎永远地失落了。“龙骨处溅起白色泡沫，褐色船体已经哗哗滑出，很快它便一起一伏地在水面上荡了起来，好像它活着，在呼吸，随着风帆的张起，大帆船离开停泊港，径直驶向无边的大海。”

本杰明·马内费施成为一位老者时，他的命运及烛台的命运也几近终结。这正是第一本书三分之一处的内容：在这个亚布月第九天[1]，即在圣殿被毁

[1] 亚布月第九天（Der neunte Ab），是犹太教一年一度纪念耶路撒冷犹太圣殿被毁的日子。犹太人的亚布月在公历七八月间。——译者注

的纪念日，罗马的犹太人聚集在犹太人公墓，唱诵哀歌，祈祷，纪念这个让全世界犹太人从此家园失落的日子。这天将过去的时候，犹太人得到消息，烛台又遭掠夺，这一次是东罗马人贝利萨留，他将烛台带到了拜占庭。听到这个消息时，只有一人暗自窃喜，他就是这群犹太人中的饱学之士智者本杰明，他感到，在这个坏消息里，很有可能藏着一个什么好内容。

这一段据说落茨威格写得不很成功。也许是因为他缺乏认知，缺乏自己的体验，缺乏记忆、同感，或者缺乏历史资料。

茨威格跟罗特一起走进朗格街上的意大利埃蒙德餐馆，在那里他总可以说服这位朋友吃点什么。店老板约瑟夫·埃蒙德很为这两位客人骄傲，总是亲自侍奉左右。饭后甚至同他们一起喝白酒，马鞭草，帮助消化——这点埃蒙德常对约瑟夫·罗特强调。

茨威格还说服了罗特，下午破例同洛特和他一起，坐到了小酒馆前的平地上，在海风中呼吸新鲜空气，晒太阳。洛特带着照相机，她笑着请两位朋友靠得近一点，照个合影。其实，对罗特来说，让太阳在他头上照照已经够受了，可他又没兴趣反驳这个提议，尤其在这样美好的日子里。所以，他有些怀疑地、几乎带点好斗劲头地望着洛特的镜头，右边眉梢还有些讥讽似的微微上扬。他不爱虚荣，额头上的头发有些凌乱稀疏，彩色条纹领结有些褶子，他都无所谓。不管怎样，那套黑西服非常合身。那，手该放哪儿呢？他不太确定地将身子靠到桌边，手放到桌上半杯白葡萄酒旁边，染着尼古丁的手指间，夹着一根快吸完的香烟。茨威格向他靠近，对他的朋友信心十足地微笑着。他的椅子较高，因而看上去比罗特高出半头。茨威格穿着配有背心、领带的粗呢西装，在这个夏日显然太热。他没看镜头，而是看着罗特。通过镜头，洛特看到茨威格看着他朋友的眼神，是的，那是一种俯视，但那是一种慈父般、长兄般的俯视，温和、有爱、带着一些担忧。他坐在那儿，带着亲切的微笑，在洛特的镜头里，他好像很想把他的胳膊搭到朋友肩上。罗特看上去，却很想躲开这个保护。

洛特拍完照。罗特放松下来，他们讨论起当天的工作，讨论得又多又详尽，同其他任何人都不会有这等情形的。他们也已经很长时间没有这样讨论过了。茨威格向罗特讲述，他写作那个传奇故事遇到的问题，他觉得那个段落他怎么也写不好。这样的事只能同亲戚、兄弟，或这位知道其中每一行字的人述说，他知道他所有写过的书，知道他所有新的写作计划。茨威格在他的传奇故事中写道："这是一个民族可怕的命运，总是无声相信写下的文字，却永远没有行动。"您说，现在对那天，对那个亚布月第九天——最大的哀悼日应该怎样处理？那天应该是怎样的，嗯，罗特？

*

到了晚上，大家便各奔东西了。罗特回到伊姆加德·科伊恩住的王冠酒店。他从茨威格那儿得到了一些钱，可以提前支付未来两周的房费。茨威格则回到宽畅的阿尔贝一世大街（Promenade Albert I）旁边他那在海边的小公寓。这座深色带折角、还附加一个小塔楼的公寓，名为花月楼[1]。他住在三楼，洛特在四楼，没有电梯。他先前给洛特写了，这对她实在野蛮，可是又没别的办法。他需要他的阳台，那里能望入大海，望入无穷无尽。当小男孩本杰明看到，烛台被抢走，他想救下时，“他第一次望到了大海，他惊呆了，被深深地迷住了。那里是个无边无际的蓝镜子，闪光发亮，微微隆起，一直伸展到那条明晰的天水交融的海平线上。这巨大的空间在他看来，好似黑夜的穹顶，他第一次在拱起的天幕上，看到了完整的星空。”

在那里，茨威格还能每个白天、每个夜晚地向北海望去。赌场的灯光可以一直射入他的房间，这样，大海在他面前显得更加深沉。

[1] 花月楼（Maison Floréal），法文，花月大致在 4 月 20 日—5 月 19 日。——译者注

第二天一大早，他收到一封罗特的信，是张小纸条，上面只有几行字。那是封爱意绵绵的信，前天夜里写的。“亲爱的好朋友，”上面写道，“按照高中生和少女的方式，我要告诉您，您今天对我怎样的亲切，不光是酒店的事，还有其他所有的。我现在说的，正是我十八岁时本来要对您说的。当时我去您维也纳的公寓找您，但没见到您。也就是说，我现在要感谢您带来的一段青春，感谢您带来的书写无稽蜜语的能力。文字可以代替口头表达。您的 J. R. [1]”

作为茨威格的崇拜者，还是学生的他，曾专程找到茨威格的家——昨晚，罗特也许是第一次将这个故事讲给了他的这位朋友。他讲到，他怎样无果地站在那里，穿着背心，打着领带，白衣领高高竖着。茨威格注意到这位年轻同事时，已经是十三年后了。那是因为演说艺术家阿尔弗雷德·白额勒送给他一本约瑟夫·罗特的书——《流浪的犹太人》

[1] J. R.，罗特德文姓名的缩写。——译者注

（*Juden auf Wanderschaft*）。书中是关于东欧犹太人的故事。他们来到西欧，被当作“问题”，当作“来自东方的客人”，成了已同化的西欧犹太人的颇为尴尬的亲戚，他们很穷，大多数让人一眼能认出是犹太人。

那就是约瑟夫·罗特的身世故事，是在苏联的犹太人的故事，是移民到美国的犹太人的境况：“许多人移居完全出于本能，并不真知道为什么。他们只是听从了某个不确定的陌生人的、或某个特定的发迹者的召唤，要去看看世界，要离开所谓狭小的家乡，要自我实现，要让自己的力量得到认可。很多人回来了。更多的留在了路上。东欧犹太人在哪儿都没有家，但每个墓地都有他们的名字。很多人很富有，很多人很有名，很多人在异国他乡富有创意，也有很多人失去了自己及世界。很多人住在特定的犹太人居住区，只有自己的孩子才会离开那里。大多数人给予西欧的至少不亚于他从他们那里得到的。所有的人当然都有权在西欧生活，只要他们进入西欧生活时，都在奉献自己。”

这本书令这位西欧犹太人茨威格深深感动，他给约瑟夫·罗特写了一封信，感谢他的书，他的写作。

这是他们友谊的开始，原因还在于，约瑟夫·罗特在回信中对这位自己崇拜已久的作家表达感谢之情时，还表达了他的反对意见："您说，犹太人不相信来世，我不同意您这个观点。不过要澄清这个问题，需要大量的时间和空间。"

那天早上，在斯蒂芬·茨威格收到的信里，除了那张小纸条，还有一张写得满满的纸页，上面没有称呼。那就是罗特在感谢茨威格友谊的信中提到的那个"文字件"。开头是这样写的："在那个亚布月第九天，按照习俗，犹太人聚集到墓地。人们诵读起'哀歌'。每个字都又咸又苦，犹如泪水。"罗特描写了座座坟墓、坟墓碑文，还描写了那个刻着烛台的墓碑，"那上面写着：本墓碑下一位犹太人的尸骨正在腐烂。生前他曾用智慧的心灵、审慎的双手、明晰的思维、坚实的脚步和清澈的双眼，对这个世界感受了、思考了、理解了、看过了、走过了。在以色列，他曾是一盏真正的明灯，谨此以烛台饰其墓碑。”这里还有一段文字，描写那些聚集在一起的犹太人：察觉到这亚布月第九天正在逝去，他们心中隐隐作痛：“人们合上书，开始考虑踏上归程。突然，人们听到老公墓大门轻轻的阴沉的吱吱声响。会是谁走了，或来了？大门不是关着的吗？”

斯蒂芬·茨威格读着读着，心头充满感激之情。这正是他所缺少的文字，这一天正是一个重要的转折点：在罗马犹太人墓地，人们在倒下的墓碑间举行哀悼仪式，之后，人们听到公墓门响，犹太人烛台再遭抢劫的消息随之传来。这是罗特为他写的，茨威格将之改变了一下音调、旋律，加进自己的传说故事，变成了自己的文本：这一天，这个罗马犹太社团成员“按照传统，聚集到公墓。亚布月第九天，这是他们一年中最哀伤的日子，是犹太圣殿遭毁的纪念日，是溢满悲哀记忆的一天；这一天使他们的祖辈从此失去家园，从此像盐粒一样撒到世界各地”。他写到记录史实的墓碑，“这位永远沉睡在这里的，曾是以色列的一位智者，一盏明灯。”对这一天的最后时刻，他这样写道：“人们注意到，亚布月第九天——这个大哀悼日正在慢慢终结，最后的祈祷即将结束。就在这时，公墓大门处，传来锈门的咯吱声。”

这差不多可以说是他们共同的作品，这里有永远逃亡的故事，有相同的信念：总会有一个将秘密永远保存下去的地方，总会有一个世界犹太人都可以和平生活的地方。本杰明定制了烛台的复制品，然而它还是被盗，销声匿迹。对烛台原件他另有打算：“上帝应该做决定，只有他可以，只有他可以决定烛台的命运。我把它埋下，没有别的意图，只是为保护它，但能坚持多久，谁能说出！也许上帝让它永远不见天日，我们的民族得不到慰藉，只能背井离乡，散落在世界各个角落。不过也许——对此我的心仍充满了信心——也许会像他之所想，我们的民族终会重返家园。”也许现在，他真在朋友罗特那儿及来世信念上找到了归宿。接着，茨威格写道：“你不要担心做决定，给它时间，让它去做！这烛台，就算它失落了吧，可我们，我们是上帝的秘密——我们永远不会失落！就像金子不会像尘世躯体一样消亡于大地的怀抱，我们生活在黑暗时代的民族也同样。永存的将是这个，永存的将是那个，永存的将是我们的民族和那个烛台！让我们相信，我们所埋葬的，还会复活，还会再次照亮这个民族，照亮还乡者的胸膛。因为只有我们不放弃，我们才会在这世界上生存下去。”

在罗特的帮助下，茨威格在这里所写的，是一个恳求。是对结束背井离乡的信念及希望的恳求。同样也是对茨威格自己，对罗特，对海边这一群人结束流亡生涯之信念与希望的恳求。当夏末来临时，将会怎样？夏，正慢慢走向终结。

正如罗特给茨威格写的：“已到了夏末时节，夏已经老了，疲倦了，秋天即将来临。这个夏就像一个老犹太人，他好像很想在这块墓地得到安宁。夏，温和而慈祥，笼罩着智慧的金色。”

*

几天后，大家再次坐到一起。除了罗特这个阳光的“老对头”外，所有人都晒成了棕色。他们又都坐在花儿咖啡馆，面向大海及海滩上的小木棚。克里斯蒂娜·托勒照样织着毛线活儿；吉泽拉·基施笑着，只要有什么可笑的，甚至没什么可笑的，都能听到她的笑声；洛特·奥特曼一声不响，只有当她静静咳嗽时，一大圈人才会注意到她的存在；“象棋狐狸”望着大海，斯蒂芬·茨威格坐在洛特和狐狸之间，一边吸烟，一边听埃贡·埃尔温·基施谈论西班牙，谈共产党人之间的战争，谈前线的最新消息，听亚瑟·库斯勒讲他将访问佛朗哥总部的旅行计划。恩斯特·托勒半信半疑地向他提问，不过话语却很响亮、很快乐、很确信。凯斯滕与吉泽拉·基施一起笑着男人们的妄为，笑说克里斯蒂娜的针织，还笑斯蒂芬·茨威格的沉默。伊姆加德·科伊恩把约瑟夫·罗特从小酒馆黑暗的角落拉到这儿来，她陪他喝酒。每当他什么时候给一圈人送上一句冷言冷语，她都会出现短暂的犹豫。她很想站在坚定不疑的共产党人的一边，也想加入和平中立、哪边都不参与的笑谈者一边。可她现在在他旁边，他的无信仰也是她的，即使她知道，他的宗教、他的君主体制也只是一种逃避，是一种不对她设下的陷阱。这一晚，在花儿咖啡馆，他们聊着，笑着，争执着，沉默着。不过比起初夏时，大家都温和多了，心头的希望使他们更融合到了一起。尽管有西班牙内战，又因为这个内战。尽管有那个令人不安的德国和奥地利公约，又因为那个德奥公约。尽管柏林奥运会前的德国和平。又一个夏天将成为过去，没有什么决定性的转折，也没能留下什么切实的迹象可以表明欧洲的法西斯统治正寿终正寝。至少没在这个夏天，没在这一年，对很多人来说，也没在他们还能经历的岁月里。

§

“我现在晒得像个黑人。”埃贡·埃尔温·基施离开这里前不久这样写给他在布拉格的母亲，然后他同吉泽拉一起回到法国凡尔赛镇。他打算第二年夏天去西班牙参战。亚瑟·库斯勒已经动身前往西班牙。恩斯特·托勒接受了去美国做巡回演讲的邀请，这令克里斯蒂娜十分错愕。她本来已经答应，去伦敦一家剧院工作一年。对一个年轻的德国流亡女演员来说，这可是个千载难逢的好机会。“请不要去！”她乞求他，“你一定得留在家里！”“家在哪儿？哪里是家？”恩斯特·托勒反问道。10月份，她站在豪华客船“SS诺曼底号”的甲板上，当海水被风吹到她的脸上时，她真希望这风能把她吹回去，吹回英国，吹回伦敦，而不是按计划前往纽约。只是，海风没有那么强劲。

赫尔曼·凯斯滕还在与他的腓力二世纠缠，不过没有什么进展。而出版社给的预付款已经花完。他希望能在阿姆斯特丹，在距离出版社较近的地方留下来写作，过相对简单经济的日子。可是就在最近刚刚出炉了一项新规定，在荷兰停留需持有难民身份证。这样，10月份他又去了一趟巴黎，去申请这个证件，可这样一来他没有回程的路费了。在火车上，他给一个朋友写信道："每个车站都有要回部队的小伙子上车，每个车站都能看到同样的家庭：母亲在哭泣，父亲一脸忧郁，还有嬉笑的姐妹们，他们挥手告别，好像儿子这就上前线一样。"

斯蒂芬·茨威格和洛特·奥特曼也离开了这个避暑胜地。茨威格好多年没有像现在这样快活。过去几个月里，他同弗里德里克不是当面争吵，就是在信里争执。现在他在信里向她兴冲冲地讲述他在比利时的好运气，讲他的工作进展十分顺利，这种情况已经多年未见。他讲这里的平静生活，讲他不热衷参与讨论，讲那些低劣的书评。"在我的努力下，连罗特也被说服，现在他可以每天吃饭了。只是让他去散步或游泳，还没有谁能办到。我对他的生活资助了一段时间，不过他的前景——也如所有作家的前景——会很暗淡，销售量迅速下降，困难还会加剧。”他还写道，他刚泡了一个舒服的海水浴，希望明早泡上最后一次。

走之前，他又走下海岸，向着进城方向，走进那个死胡同。那座窄房子还立在那儿。橱窗的装饰一如当年：吊在绳上的贝壳，笑嘻嘻的面具，干海星和烟灰缸。不过商店显然已不再营业。詹姆斯·恩索尔是个名人，奥斯坦德的国王，被称为男爵。他母亲去世后，这里完全成了他的工作室。斯蒂芬·茨威格犹豫着，不知是否应该进去，是否应再到楼上去，到那个女士帽下的头骨处，那个弹钢琴的男人那里，他身后有无数伸着手臂的面具人。他没去。他转过身，走回大海。去泡最后一个海水浴。

同罗特的告别，对茨威格来说既艰难又轻松。

现在，他的负担少些了。他要走向一个新世界，留下的，是他那噩梦、那肩上最喜欢的分量、他的良知、他的文学认知——他那位不可收买的麻烦朋友。是的，茨威格教会了他一些什么，给他留下些钱，处理了一些合同，更重要的是带给他正常的生活秩序。还好，现在有科伊恩了，在她身边罗特很快活，她会照顾他、伴着他、守着他，即使她对他这种毁坏及自我毁坏也无能为力。以她的生活激情、写作激情、饮酒激情，她对他也许还是会有所帮助。她爱他，如果世界无可救药，他情愿纵身一跃，无论生命会落在什么地方——她爱他这个劲头，爱他的悲伤，爱他的恨。但，茨威格要离开他了，离开罗特和他的爱人。

临行前那个晚上，他们又去了一次海滨大道下面的那条马路，去了那个意大利餐馆。在此，茨威格做了最后一次谆谆教导，他们又最后一次谈了计划——写作小说的计划。他们喝下了最后一杯马鞭草酒。茨威格希望，对这位朋友的前景，他能够提供的保障应该是差不多了。这样他不必带着同情心离开。可在内心深处，他知道得很清楚，这个夏天的稳定只是小小的表面现象。他自己也在给出版商叙布什的信里写道，罗特的小说质量会下降，他对他并不看好，对他的书在欧洲市场和美国市场的表现也不看好。斯蒂芬·茨威格知道这些，又不愿意知道。他对罗特什么也不能做了，如果他自己不想破产的话。当然现在他还不想破产。他希望轻松些。这个夏天比起前几个，让他感到体力与信心方面都增强了不少。现在他做出决定，要利用这新劲头去开创新局面。他很相信这个计划，并决定，要对它坚信不移。

他先同洛特回伦敦，然后从那儿去了南安普敦。8 月 8 日茨威格出现在驶往巴西的客轮上。他独自一人，身边没有洛特，没有弗里德里克，没有罗特，也没有“象棋狐狸”。

从他故乡，从卡普齐纳山上的老房子，他还得到一个消息。同往年一样，又到夏季表演艺术节了。托斯卡尼尼[1]来了，布鲁诺·瓦尔特[2]也来了。他们策划了一个反拜伊罗特[3]的、非纳粹德国的戏剧音乐节。这是一个抗议活动。不过，茨威格很高兴他不在那儿。他从来厌恶闹哄哄的节日活动，总是在这期间躲开家乡。尽管他爱托斯卡尼尼及他的世界。离开比利时海滨的最后一天，他给在萨尔茨堡的一位女友写信："您知道的，这些年来，那里萧杀的氛围对我来说何等压抑。我的心绪被彻底搅乱，以至于无法工作。此外，那里还有您所知道的亲属间的对立，他们总是指责我所谓的消极情绪。与我所致力的不同，他们总是要同家乡紧密结合。而我因为那些苦涩经历，几乎忘记了我在那儿曾经有过的美好年华。就在去年，我就已感到一种享受感

[1] 托斯卡尼尼（Toscanini，1867—1957），意大利指挥家。——译者注

[2] 布鲁诺·瓦尔特（Bruno Walter，1876—1962），德国音乐家。——译者注

[3] 拜伊罗特（Bayreuth），巴伐利亚的一座城市，作曲家瓦格纳在那里去世后，每年七八月都在这座城市举办瓦格纳音乐戏剧节。——译者注

的神秘增长，我感到托斯卡尼尼世界最后一次的全盛发展。它美丽得如同夕阳西下，今年很可能还会如此。”

从那夕阳西下的地方，他收到一封邮件。邮件发自那座仍住着他亲属的房子，那里住着弗里德里克和她的两个女儿，就是她们总要指责他的消极情绪。她们很喜欢有所张罗，有所展现，有所亮相。在这样的节日里，光临的客人总会有很多。今年，克劳斯·曼和他的姐姐埃丽卡也来了。克劳斯给房主寄去一张明信片，上面直截了当地、无所顾忌地写道：“为得到羡慕致以衷心问候！您这里太诱人了。您为什么不住在这儿？怎么能认为在里约热内卢、在奥斯坦德比在这儿更美呢？”可在这前一天，同样是克劳斯，在日记中这样写道：“所有的热闹喧嚣之间，总会有沉重的哀伤袭来。临睡前我总会有些死亡想象。谁会处于我的境地？谁都不会吗？我想出一句话，‘不过还会有天使来帮我’。”两天后，他又写道：“下着雨，大家还在睡。我睡不长，在浴室里吐了。想着所有我参加的聚会……一个个消失的面孔。”

日记里是哭泣，明信片上却是欢呼，是处心积虑地想唤起羡慕。要挺直腰杆走路，不能暴露弱点，既不对对手，也不对朋友——这些都是他受的教育。写的是“您这里太诱人了”，心里想的却是死亡。这一年，德国女作家安内特·科尔布（Annette Kolb）也在萨尔茨堡。她也隐隐感到，她看到的一切，可能是最后一次了。“对世界上所发生事件的了解和绝望感，都令情绪压抑。西班牙战争发射出的地狱光束，直直射入了湖泊、树林，射入了盛典大厅。”临别时，她致以轻轻的挥手：“谁说，她还会再回到萨尔茨堡？谁说，生活不会一年比一年不安全？”最后，她在她那本萨尔茨堡之书里写道：“美丽的奥地利，危机四伏，我再说一次，别了！你这欧洲的心脏，愿上帝保佑！”

消极悲观情绪深深锚在茨威格心里，已经有些年了。现在，当阴影投下，还能给他予帮助的，如他从奥斯坦德发出的最后一封信中——给在萨尔茨堡的一位女友——所述：“正因为我的悲观由来已久，某种享乐能力反倒增强了：只要还可以享受，那就该趁着现在。”

*

从南安普敦港登上甲板的那个人，看上去很快活。只是船上的设施令他不很满意，“不雅的奢华，缺乏品位。”他在日记中写道，“天气呈现出奇妙的宁静，有着9月的凉爽。”他此行的目的地本来是阿根廷，他应该在布宜诺斯艾利斯举办的作家大会上，作为国际笔会奥地利分会的代表发表讲话。不过茨威格更想通过这次旅行，尝试一下新的生活方式，想考察一下，他是否可以在那里生活，那里是否适宜他，也适宜洛特。过去几个星期里，他们已经开始一起学西班牙语，现在在甲板上他还自己学着。在这船上，斯蒂芬·茨威格是几百名乘客之一，他用的是化名，很享受这种无人打扰的独处。一等舱里没有哪个乘客认出他来，虽然他看到，有些人读的正是他的书。只是，当他有一次下到三等舱时，那里的犹太人立即认出了他这位“伟大作家”，他骄傲地将之写入日记：“他们非常高兴，我走到了他们那儿。”

在甲板上，茨威格开始了一本新书的写作。这是一部关于同情的书，如果是真正的同情，如果同情者会同遭受苦难的人一起担当苦难，直至苦难终结，那么这种同情只会带来好处。它讲述了老奥地利军队里一位年轻军官的故事，他本来出于人类友好情感想解救一位病弱的年轻女子，可他的同情软弱无力，事实上他只想让自己从不幸境遇里得到解脱，结果却导致了年轻女子的死亡。书的结尾，这位军官为减轻自己的心理压力，为了结自己，了结自己的生命、自己的罪过，几乎在第一次世界大战中丧生。这部小说名为《爱与同情》（*Ungeduld des Herzens*），是斯蒂芬·茨威格唯一的一部长篇小说。小说主题是他一直以来所关注的，在这些年的流亡生涯里，他的思考比以往任何时候都更深刻：果真存在无罪过的生活吗？

斯蒂芬·茨威格是这样一个人，他读人如同读书。他能理解，却不能判断，所以从不愿在各种可能性之间做选择。他曾有一个想法，那时的斯蒂芬·茨威格尚年轻，也许只有二十五岁，面庞柔和，蓄着小胡子，戴着小眼镜。那年，在一艘由热那亚开往那不勒斯的客轮上，他结识了一位名叫乔万尼的船工，并同他成为朋友。船靠岸前，乔万尼拿来一封信，问他能不能帮忙念念。茨威格不明白，问他为什么不能自己读。他不会，他不识字，这令这位旅行者难以置信。因为他的世界是书的世界，他的爱、他的认知、他的思想，都是从书里学到的。以前他从没想过这个问题，而这一刻，他恍然大悟。他与这个乔万尼之间隔着一堵墙。他不知道，如果他不阅读、没有书，他的生活会是什么样。这是他无法想象的。后来，茨威格将这一切写成一篇文章——《书——通往世界之门》(*Das Buch als Eingang zur Welt*)，他在里面写道："我懂得，视野开阔，能从不同关系中与平台上看世界，这是唯一正确的美好的思维方式，这是一种仁慈的天赋，这种天赋只有这样的人能够得到——他可以超越自己的体察，从书中了解许多关于不同国家、不同民族及历史的知识，他会对那些不读书的人感到非常惊奇，感到他们的世界如此狭小。如果我想到，我能有强烈的同情与感受，而可怜的乔万尼缺乏较高的生活乐趣，缺乏能被陌生人命运打动的天赋，在此，我不该感谢作家们的创作性工作吗？如果我们阅读，那作为书中内容的无关者，不就可以用他们的眼睛去看，用他们的大脑去思考，像他们一样去生活吗？那些从书籍中得到的无数快乐时刻，栩栩如生，记忆犹新，我对它们充满了感激之情。我可以回想起我从书本上得到的重要决定；想起与许多早已去世的作家们的'交往'，那是远重要于同一些朋友和女友间的交往；想起那些读书的爱夜——它们会同其他夜晚一样，在甜美享受中睡去。想得越多，就越会更强烈地意识到，我们的精神世界由数以百万计的印象单元构成，这些印象很少来自亲眼看到的、体察到的；绝大多数，来自交织在一起的大量印象文字。我们要感谢书籍，要感谢可以阅读的文字，感谢它们的传播者，感谢教诲者。"

这就是当年的茨威格在那艘船上、在到达热那亚之前所想的。没有书籍，世界是封闭的。这样，他将他的世界，他眼里的世界写了出来，尤其写在了他的作品里。那里有同情、钦佩，有不伤害他人的生活。他还写了一个几乎无人注意到的短篇小说，名为《安东》(*Anton*)。这是一个在小镇里生活的男人的故事。他是一个寻常的手艺人，生活中必需的技能他几乎都会，别人需要帮助时，他就去帮助。他收取的钱总是很少，够自己过日子就行。他总是一再消失，而当别人需要他时，又会出现。故事的结局是这样的："很多年过去了，我没有再听到安东的消息。不过我很难想象，对这样一个人别人还能有什么可担心的。他永远不会被上帝抛弃，更不会发生的是，被人类抛弃。"

斯蒂芬·茨威格敞开胸怀，将他的尝试——要站在边缘者的一边护卫他们，做了公开说明。他知道，对他的这种站在边缘者一边的态度，有些人是怎样的不屑。他的文字也是写给这些人的。

还在奥斯坦德时，茨威格在给他的老朋友罗

曼·罗兰——他的音乐书籍及他的和平主义为茨威格所钟爱，这期间，他已成为共产主义思想家、斯大林的崇拜者——的信中写道：“对我来说，教条主义的对立面，不论它以何种形式出现，都是与世隔绝的意识形态。我们必须为反对狂热创造狂热。”对这位狂热的罗兰，他在结尾处说：“我亲爱的朋友，我经常想到您，因为我们会越来越孤独。对于残暴，文字太无力了，我们称为自由的东西，年轻人是不能理解的，不过相信还会出现其他的年轻人。他们会理解我们的！”这封信中，他将他的全部希望都写给了他的老朋友。收到的回信是冷静的、明确的、很有战斗性的：“不，我绝非单枪匹马，也不像您写的那般孤独。相反，我感到我被数百万世界各国人民的友谊包围着，并且，我也将回报他们。”这个作家嘲笑他不想参与时代战斗的孤独朋友，“现实是，要以拳代笔：在全球战场上，每天都在赢得自由。如果我的确在什么地方是孤独的，那只是在我的作家同事中。”

不错，让自己加入一场运动、一种意识形态，或一个党派，是更容易的事。这样可以从坚信不移的岩石上，嘲笑下面的单个人物，嘲笑那些心灰意懒者。不过对付这位理论家，没有谁像斯蒂芬·茨威格那样做得那么简单干脆，他公开表达了他对整个时代的不理解，在这同一封给罗兰的信中他写道:“也许这是我最后一次旅行，谁知道呢？”也许真是最后的旅行？

*

这次有点像当年，像他1914年那次乘上最后一列火车离开奥斯坦德时的情形。斯蒂芬·茨威格又陷入了战争。尽管时间很短，这次短暂造访是客轮中途停留时发生的，可它是欧洲战争。在奥斯坦德一起吃过饭、仇恨暴政、斗志旺盛、积极参与政治的那些同伴中，斯蒂芬·茨威格偏偏是第一个抵达西班牙的。8月10日他的客轮向西班牙港口城市维哥靠近时，一艘美国巡洋舰正在海湾前游弋。这就是说，如果上岸，遇到的风险须由个人承担。茨威格上岸了。他看到，“城市里到处都是着装醒目的民兵，德国式的纪律严谨，身着蓝色水兵服，戴着卡其色头套。其中还有十三岁模样的男孩，佩带着左轮手枪，风景画似的在墙边走来走去，等着拍照。我还注意到，许多当地人没有戴法西斯的红色徽章。我边看边拍照，刚刚有一辆重型卡车开过，要开往前线去的，上面挤满了头戴钢盔的士兵。他们看上去也不像我们家乡的武装部队那样野蛮。我听说战役期间午睡时间是受严格控制的。”他像一位在战争边缘漫步的老欧洲人，“你在这里走上几个小时，却不会意识到，前线就在一小时路程之外”。茨威格就这样走了几个小时，看到了在干活的鞋匠，在书店橱窗里看到了他的《玛丽·斯图亚特》摆在希特勒著作旁边，看到了福特的反犹太人书籍，及“类似的扯淡”。他看到美丽迷人的人们，看到了毛驴、牛车、跑车，还有“可以令人想到戈雅[1]画中头发蓬乱、带着汗渍和灰尘的老妇人，尽管双脚肮脏，却

[1] 戈雅（1746—1828），西班牙浪漫派画家。——译者注

迈着极有尊严的步子”。茨威格惊奇地看着，在战场边缘走着，对将来临的大战，这里是个试验战场。茨威格觉得这里一切美妙如画。在日记中他兴奋地写道，他在西班牙这两个小时里感受到的，比在英国一年里的感受还要丰富。最后他写道：“就像他的维也纳时代。”茨威格感到，他又在经历一次他的世界彻底灭亡的前兆，否则他当年的维也纳记忆不会再次显现。但他还要再一次，也是最后一次地，不去留意这个征兆。他只想最后一次看美景，看美丽的人们，看世界上的美好事物。西班牙正处于危急关头，人们依旧快活。这一切好像是“一个魔术”。

接着，他又航行在大海上，写小说，又很孤独，最后，抵达巴西。

*

也许在他从前的生活中，茨威格从没这样快活、自豪和自信过。古老的欧洲在他身后已变得怎样遥远，他又怎样迅速地受到巴西人奔放情怀的感染，受着太阳、光照、海滩，以及热情的人民的感染。在这个国家他可以四处走动。他遇到的所有的人，似乎都读过他的书，他在日记中一再写下:“太好了，太好了！”在里约热内卢，所到之处，他都可以辨识出“马德里和里斯本”“纽约和巴黎”的最幸福的组合。他被人们的热情淹没，他面对成千上万的读者朗读他的书，每天要写几百次他的名字，他受到了外交部长、总统亲自接见，收到从各地寄来的礼物——这里有大咖啡机、最美味的咖啡、雪茄等等。不久前，他还感到自己作品的重要性正在下降、消失，而现在，通过这里民众的真挚热情，他忽而又燃起了新的勇气，感到快乐得心醉神迷。“大家都觉得，这里会有很好的前景。”这种感觉让斯蒂芬·茨威格沉溺了一些日子。

接下来，他决定去高山地区。当科帕卡巴纳海边的夏日闷热难耐时，老皇帝佩德罗在世时就去山上避暑。茨威格也想去看看那座城市，看看现在成了博物馆的那座帝王宫殿，看看山上那座玻璃宫。还有巴西、大海，他想从高处俯瞰一切，一边眺望美丽景色，一边回想古老的欧洲。一个问题一直萦绕在他心头：在这里可以开始新生活吗？可以让旧时光得到延续吗？

茨威格早就知道，在海边沙滩，在下面那个大都市里，他不能长久居留。那里熙熙攘攘的人群，那里人们对他的希望，还有他应尽到的义务，都是他无论如何不想要的。当他感到，他在这儿——在他未来的国度，受到了从未有过的爱戴，这一刻对他来说像一个梦，他感到无以言述的幸福；可是，果真要在这儿住下，要在这舞蹈中的大都市生活吗？绝对不行。这里的夏天太热，不仅仅对皇帝而言。

向山上的挺进，也是一次考验之旅。上行，不断上行，天还下着小雨。朝下望去，只有雾气。大自然是强悍的，很难想象生活在高地的人们怎样在原始热带雨林中开发出这样一片土地。沿着山谷，这座城市向上延伸着，左右两侧是葱绿的山坡，中间流淌着一条褐色的窄河，公路旁边有条小路，一把把大雨伞下，人们行色匆匆。没有风，山间空气清新，给人以舒适的潮润凉爽感。斯蒂芬·茨威格早做出决定，要爱这个国家，他也是怀着这个愿望来到这山上的。他不想去看这个新世界的阴暗面，比如，总统热图利奥·瓦加斯（Getúlio Vargas）实行的独裁统治，女犹太共产党人奥尔佳·贝纳利奥·普列斯特斯遭驱逐出境，“民族整合行动党”的强大，法西斯运动中的反犹太主义文学，以及紧缩性的移民法规等。茨威格不想看这些。他只想爱。

早在1932年12月，他便同与他的阿根廷翻译和经纪人阿尔弗雷多·卡恩谈过他的旅行设想：先去阿根廷两周，然后乘坐齐柏林飞艇前往巴西，他还在写给卡恩的信中欣然表示：“南美洲对我们来说是一个生机勃勃的希望，在我们内心深处，这些国家的文化实际上远比北美的更易接近，心心相通感在我看来要更深——也就是说，它对我们来说是一个新天地。”

可是欧洲的政局发展阻止了他的旅行计划。但他第一次踏上这块大洲之前，他对巴西的爱，对南美大陆的爱，已深深植入他心中。

现在，他终于来到这里，在巴西山区的蒙蒙细雨之中。只是，事实上这里完全不似他能回想起来的故乡塞默林山口。这里有一个希望回想到的意愿，要在新世界里，发现他的故乡——那个属于他的世界的意愿。现在，他看见山上那座经粉刷过的矮小的房子了吗？它依山而建，房前有个小花园，探出的房檐下有个阳台。“我们只在那里过简单的日子。”那是奥斯坦德的乌托邦。那么这里，会是实现并持续这个乌托邦的地方吗？可能吧。

§

这个秋天对约瑟夫·罗特来说，全然不同以往。斯蒂芬·茨威格刚刚离开，沉重的命运便不幸再次落到他身上。开始是他收到了美国出版商本·叙布什的信。他告诉罗特，今后不再出版他的书了。这对他是一个十分沉重的打击，因为美国的图书市场，对失去家乡读者的德语流亡作家，几乎是唯一重要的经济来源。利翁·福伊希特万格、埃里希·玛丽亚·雷马克、托马斯·曼和斯蒂芬·茨威格的高收入，都是从美国得到的。就连罗特的荷兰流亡出版社，在给罗特支付高额预付金时，也要将他们能从美国、英国得到的版税算进去。收到叙布什的信后，约瑟夫·罗特隐隐感到，他写书的收入将不足以支付他的流亡生活，就算他想写的还很多，就算他还有很多小说正在构思，可以向德·兰格、阿姆斯特丹的奎里多和德·革门夏普三个出版商同时出售。

在茨威格启程前往巴西的那天，罗特的信就已紧随其后："我实在想给您写点高兴的事情，可惜却只有伤心的消息。叙布什终止了同我的合作。"茨威格早有这个预感，他自己也提醒过这位出版商：罗特的书质量会下降。现在非常清楚的是，这事直接与自己相关，这意味着：他对这位朋友的经济援助责任更大了。他也估计到，对他个人来说，这个负担可能太大了。

开始时，罗特的恐慌还是有限的。茨威格给他留下很多钱，他可以无忧无虑地生活几个星期。接下来，他完成了小说《假秤砣》的写作，开始写《第一千零二夜的故事》(*Die Geschichte der 1002. Nacht*)。这本尽管遭到奎里多和德·兰格拒绝，但德·革门夏普已准备向罗特预支3000古尔登，这是罗特应获稿酬的一半，是相当可观的一笔收入。然而，这笔款额刚刚付清，罗特就被一位年轻的荷兰人洗劫一空。当时，他与科伊恩正在阿姆斯特丹同出版商谈出版事宜。偷东西的，是曾为罗特做过一些秘书工作的安德里斯·范·阿梅林根。全部预付款没有了，茨威格给的钱也没了。不仅如此，伊姆加德·科伊恩还因为所谓的“违反护照法行为”遭到关押，面临被遣返德国的危险。身无分文的罗特，无法再在荷兰居留下去。好在他们幸运结识了一位友好的官员，科伊恩随即得到为期五天比利时的签证及法国的过境签证。俩人于是离开阿姆斯特丹，经过布鲁塞尔、巴黎，前往维也纳。此时，奥地利是唯一一个科伊恩不需签证可以逗留的国家。他们住进布里斯托尔酒店，因为罗特在这家酒店享有的好名声，他们不必马上支付账单。其实，此时他俩已身无分文。出于政治原因及对希特勒德国的恐惧，德·兰格拒绝出版科伊恩的新小说《午夜过后》。他们俩不断向世界各地发出新的求助信，至少那位忠诚的老情人阿诺德·施特劳斯，还不时从美国寄来大笔款项，解了他们的捉襟见肘之急，使他们每每又可维持一阵。

正如斯蒂芬·茨威格预感到的，他又体验了一次他在1914年的经历——乘坐火车驶入战争，抵达一个新维也纳。等在罗特面前的旅途也很类似。“利沃夫还在我们手里。”事实上，这座城市早处于奥地利边界之外。不过罗特的亲戚仍生活在那里。当罗特收到一个 1937 年春到波兰巡回演讲的邀请后，1936 年 12 月他回到日思夜想的家乡，回到了他所熟悉的环境、熟悉的人们中间。在奥斯坦德时，他买了一个大行李包，他打算像他的犹太祖先一样，有朝一日背上它，游走他乡。他对伊姆加德·科伊恩说起这个想法时，她一脸错愕。科伊恩后来回忆说，对家乡的那些虔诚的东欧犹太人，罗特对他们的尊崇如同圣贤，那些人性本质是西欧人无法度量的。他一定要再看看加利西亚，再看看那里的人们。“我已经离开那里很久很久了。我一定还得再去看看。”他对女友说。

他们住在酒店。罗特不想住在亲戚家，“犹太人喝白酒的酒杯太小。”他说。

1936 年至 1937 年的这个冬天，罗特的心气又高涨了一次。只有在这儿，伊姆加德·科伊恩说，只有在他的老家，他不必扮演什么不是他的角色。“只有在那儿，在他出生成长的地方，他不会是四分五裂的。他骄傲地带我去最穷的犹太人家，一次他带我去了一个地下室，住在那里的犹太人大白天都要点蜡烛。他坐到桌边，同他们说意第绪语，让人能感到他对他人的热爱，让人只能爱他。”但他不想去布罗迪，因为“那些回忆”，科伊恩认为估计是，“不论是好的还是坏的，都会令他很不平静”。

他同他的表姐宝拉·古贝尔一起去了犹太人墓地。他沿着一排排墓碑走去，大声读着死者的名字。“这里埋葬着很多好人。”他对宝拉说。

他未完成的小说《草莓》，写的就是他的家乡。约瑟夫·罗特写道：“我走上马路，走向公墓。本来我想去相反的方向——去火车站，可是我一定是搞错了方向。也许我想，火车站早上才开门，而墓地晚上也开放。墓窖里燃着蜡烛灯。老潘塔雷蒙就睡在死人旁边。我认识他，他也认识我。去墓地散步是我们这座小城的风俗。其他地方的人，去花园，或公园。我们有墓地。孩子们就在坟间玩耍。老人坐在石头上，闻着土地的气息，那里葬着我们的祖先，那里的土很肥沃。”

约瑟夫·罗特隐隐感到，这是他最后一次看望家乡了。他已经“瘦得只剩个骨架”，科伊恩写道，体重相当于一个十岁的小男孩，只是肚子像个圆球。嘴里还剩三颗牙，有心脏病，肝区经常疼痛，每天早上要吐几个小时，以至于有一次科伊恩以为他死了。他对她总是恶声恶气，醋性很大，一秒钟都不肯让她从眼前离开。他常说胡话。夜里会惊醒，大叫:“科伊恩女士在哪儿？”她也对他喊、说，在楼下餐厅，他应该睡觉。他又睡去，第二天早上什么也记不起来。她给阿诺德·施特劳斯描写了罗特的这些症状。他回信写道，这是肝的问题，最多还有一两年。

*

1937年年初，他们两人受到弗里德里克·茨威格的邀请，前往萨尔茨堡。他们在卡普齐纳山脚下的施泰恩酒店住了几个星期。他们只见到斯蒂芬·茨威格一面，而且时间很短。他脸色苍白得像鬼一样，想回避的样子。这一天，刚好是茨威格的家宅出售协议上签字的日子。他要同他奥地利的生活、同他以前的生活彻底告别。第二天，维也纳的律师将确定他对妻子的赡养问题，及他们的分居方式。斯蒂芬·茨威格的回避态度令约瑟夫·罗特十分恼火。老友哪里去了？他不能理解，为什么这些天里茨威格不想见到他。难道这些天里，作为问题的罗特让他应对不过来了？罗特很生气："您对那些鬼头鬼脑的人，比对我亲密得多。"他从萨尔茨堡写给萨尔茨堡。他的老救助者没有反应。在给洛特的信里，他抱怨"这个可怕的酒鬼罗特"。12月时，他曾给弗里德里克写道："一个多么了不起的人就这样走下坡路了。"

斯蒂芬·茨威格再帮不了他，也不想再帮了。罗特早有所预料，但他很愤怒，仍希望能有个好结果，希望他们那个美好的夏天还能再来。

希望1936年7月再来一次，大海再来一次，奥斯坦德再来一次。

罗特走了。“我要去奥斯坦德。它会让我想起您。”他在7月10日写道。他又去了奥斯坦德，再次住进王冠酒店，那里可以望到帆船、火车站。“这里是奥斯坦德，却没有您。地点相同，却全然两样。一切都很熟悉，又很陌生。两个方面都表现在可怕的此刻。”他的信里表达着渴望和爱。他仍希望茨威格会来。他要钱。茨威格给他寄了。在一份流亡杂志上，他为所有在这年夏天死去的朋友，写了纪念文章。但对他，茨威格，罗特写道，自己是不会为他写的，对此他不要抱任何希望。“您对我不光在思想上很接近，身体上也很近。那是脐带式的友谊：这样的友谊是有的。我与您之间没有距离，而距离是写悼念文章的前提条件。”

他自己的死期也可以预见了。“可惜，终日在临近。”他最后写道，“死去的过程要长于活着。”这页的下方，罗特写上“我拥抱您”后，还为他们的“比萨饼大师”也写上了一句：“衷心问候，埃蒙德，奥斯坦德”。罗特还补充道，在花月楼，就是茨威格住过的带阳台的公寓楼，楼房主人也每天问起他。此外，他还欣喜地写道：“刚才在弗莱恩特咖啡馆、我写作的地方，遇到了埃蒙德。他送了我一瓶马鞭草酒!!!”

接下来的信，语调越来越低，越来越绝望。茨威格不会来了。一次，罗特看到两个警察押走了一位嫌疑人员。起先他描述这件事，又同情，又好奇。接着他有个想法，觉得可以跟两位警官谈谈，告诉他们，他们抓错人了，他本人正是他们要找的。罗特写道，他希望这样可以“带来终极灾难”。可是写着写着，他发现，“这是一个文学设想”。于是只好放弃。

9月21日，他终于清醒地写道：“亲爱的朋友，今天我要离开了。我想见您，可是空等了一场。”

这个神奇的避暑胜地，再没能给他的生活带来改变。罗特去了巴黎，仍希望能在巴黎与茨威格再见一面。他绝望地乞求着，并以他的死相威胁，他不明白茨威格为什么一点儿不想见他。他也能预料，为什么会这样。连斯蒂芬·茨威格也救不了他了。

不是因为钱，不是因为共同的写作计划，不是因为共同的书籍。

*

1938 年 2 月，斯蒂芬 · 茨威格和洛特终于再次来到巴黎。这样他们到底见上了一面。罗特的状况极其糟糕。伊姆加德 · 科伊恩与他分手了。最后的日子里，他几乎完全依赖于她，总是惊恐地吃醋。她只要出门，几乎就不会得不到他不信任的追问。她后来回忆道："在巴黎离开他时，我长舒了一口气，感到如释重负。然后，我跟一位法国海军军官去了尼斯。我有一种感觉，一个难以承担的包袱，终于卸下来了。"

在这流亡圈里，这对特殊情侣的关系维持了差不多两年之久。一个是小老头，一位是面向世界的聪颖女士；一位喝得不可救药，一位饮得兴高采烈；两个都是抵抗没落的战士，抵抗世界的没落。但很快，他们又得对抗自己的没落。伊姆加德 · 科伊恩在不可救药的酗酒中被拖得越来越深。

基施预见得很准确。罗特赢了，她喝啊喝，很快便可以同他——那位老酒鬼平起平坐了。她本来怀有一个善良愿望，希望借此可以建立起相互照顾、相互帮助的情侣关系。但这种可能性早就不存在了。他乞求她，全力要抓住她，就像要抓住一根救命稻草。她从来没有像爱他一样爱过其他任何一个男人，也不会再这样爱谁。对他“我的皮肤马上给出了接受信号”。她的心也是，一如伊姆加德·科伊恩昔日与现今。然而，他却在她身边不知不觉地消失了，变得越来越小，越来越苍白，依赖性越来越强，逐渐成为一个惨白的阴影。在巴黎时，为长久以来所担心的这一刻的到来，她必须很坚强。分手是短暂的，简明扼要的，快速完成的。然后逃走，因为担心对他的怜悯，会让她受不了。后来，对在巴黎的这次告别，她写道：“还是从前的样子。这次是彻底了结了。”

不过，约瑟夫·罗特的生活中还存有最后一丝希望。过去几个月里，他曾多次拜访老奥地利没有王位的王位继承人奥托·冯·哈布斯堡，在他的流亡地——比利时城市斯滕奥克尔泽尔。哈布斯堡与罗特还有其他奥地利保皇派人士商议出一个绝望的计划，他们要建议奥地利总理舒施尼格退位，以便让老皇帝上台，从而能在最后时刻阻止奥地利与纳粹德国的结盟，以拯救祖国。奥托·冯·哈布斯堡给舒施尼格写了一封信，向他说明他们的计划。但罗特对此并不满意。罗特对这个计划相当自信，他要竭尽全力将之付诸行动。对他来说，一切都取决于此。他也将计划告诉了茨威格。当然，茨威格认为这个计划完全是无稽之谈，但又尽力不去打击这位老朋友的可爱的狂热。舒施尼格凭什么要接受这个建议？希特勒怎么就会由此改变他的既定方针？尽管茨威格也是对老奥地利王国朝思暮想的有情人。但他仍能清楚地认识到，政治不是童话。当然，当他听罗特介绍他在这个计划中的作用后，他非常担心。不过，他不去阻止他。他救不了罗特，他也不能使罗特理智起来。罗特已经彻底离开了理性世界。

茨威格又能做什么？

不管怎么说，约瑟夫 ·罗特还是做出决定，亲自前往奥地利，去说服舒施尼格接受这个计划。他疯了。德国军队正在边境上虎视眈眈，入侵已迫在眉睫。他这位穿着官员紧身裤——这期间他又将之穿上了——的酒鬼作家，能够加以阻止吗？

不错，这就是约瑟夫 ·罗特的计划。这就是他的英雄主义，他以此同斯蒂芬 ·茨威格做了最后的告别。在阿道夫 ·希特勒夺取政权后，他是第一个离开纳粹德国的犹太作家；纳粹德国在奥地利执政前，他也是最后一位进入这个国度的犹太作家。他坐火车去的。并让人禀告舒施尼格他的前来。可舒施尼格不见他。最后只有负责国家保安局的国务秘书米歇尔 ·施库贝接待了他。他只带给罗特一条信息：尽快离开这个国家，您的生命正处于万分危急之中。

3月11日，约瑟夫 ·罗特回到巴黎。3月12日，奥地利人民在英雄广场欢呼着迎接新的统治者。罗特和茨威格的祖国不复存在。

§

这两位朋友从此再没有见面。每人都有自己走向终结的路。这条路已经不远了。约瑟夫·罗特早就告诉了斯蒂芬·茨威格，他不会给他写悼念文章。慢慢地他也感到，他就是想写，恐怕也不可能了；这位比茨威格年轻十岁的作者已经料到，他要比他提早走到路的终点。去世前不久，罗特还是提笔写下了一些关于他俩的文字，类似于对他们友谊的悼念。写在一本书里，这是一本茨威格不能再帮助他出版的书，不是文学的，不是关于实际生活的，不是关于财经的，是不可出版的，是罗特的最后一本书——《圣酒徒的传说》(*Die Legende vom Heiligen Trinker*)。一个无忧无虑的奇特男人在巴黎街头蹒跚而行。他无家可归，又很贪杯，有着没完没了的麻烦。他叫安德烈亚斯，住在桥下，他知道在寒冷的夜里，报纸可以很好地御寒，他已濒临绝境。一天晚上，他在路上遇到一位衣着考究的先生，他叫这位酒鬼为“兄弟”，还强塞给他一大笔钱。酒鬼说，他不知道他还有个兄弟，但是钱，他可是用得着。这是很奇怪的一对，一个富有，一个贫穷。他们结合到了一起。得到这出乎意料的雪中送炭，可怜的安德烈亚斯万分高兴。这位富兄也坚称，允许他将钱送给这样一位穷困者，他也为此感到很荣幸。将这对兄弟连到一起的还有：不仅安德烈亚斯住在桥下，无家可归，失去了故园家乡；这位看似富有的先生，也是漂泊四方的流浪者，同样住在桥下。就这样，约瑟夫·罗特在这最后一·本书里，讲了一件又一件奇事。直到再也没有更多的故事出现。

*

1939 年 5 月，当约瑟夫·罗特在巴黎得知恩斯特·托勒已在他纽约的酒店客房里自杀时，他崩溃了。当时弗里德里克·茨威格正在他身边，她马上让人将他送到医院。几天后，他死了。茨威格在伦敦得到这个消息时，正给罗曼·罗兰写信。“我们不会老的，我们这些流亡者。”他激动地写道，“我爱他像爱兄弟一样。”

神 秘 列 车

奥斯坦德已不复存在。今天叫这个名字的城市，是一座新城。1940 年 5 月 29 日，德国军队占领了奥斯坦德。他们没有遇到抵抗。1944 年同盟军空军数次空袭了这里，致使这座城市几乎完全毁灭。现在火车站前面，仍然可见一些可怜的遗址。海滨大道旁全是平淡无奇的一色的白房子，大道还宽似从前，铺着红砖。到处可见混凝土长凳，却无人坐在上面。这是 2012 年 11 月，天空是灰色的，远近见不到人影。王冠酒店消失了，原址上现在立着一座暗色公寓楼，名叫里维埃拉[1]。公寓楼旁边是块空地，从外面能看到毗邻居室里的壁纸，上面有灰色

[1] 里维埃拉（Riviera）为意大利及法国海岸毗邻的地区。——译者注

花卉图案。港口停靠着一艘艘帆船，没有人张帆出航。接下来，是海滩。曾经是花月楼的地方，现在是一座60年代建造的实用住宅楼。这座黄楼的三楼，在原来那个阳台高处，正挂着一个醒目的牌子，上面写着“TE Huur”——出租。朗格街上，埃蒙德曾在他的面食馆招待过两位名人食客。如今，这个馆子是个昏暗的酒吧，叫“手稿”，友好的服务员下午已经喝醉，他用比利时的方式，拿一个木铲撇开啤酒杯上冒出的泡沫。酒吧里放的歌曲有J.J. 卡尔的《疯狂妈妈》，有艾维斯·普利斯莱的《一切正常》，路易斯·普利马的《唱，唱，唱》，还有保罗·巴特菲尔德的《神秘列车》。吧台前坐着四个人，一声不响。那样子很像是他们打算在此度过一生。大海灰蒙蒙、静悄悄的。绿色的防波长堤远远地探入水中。沙滩上空空如也，没有了彩色小木棚，风中倒有几棵过早放置的圣诞树在摇晃。在一条从海滨大道分出去的死胡同里，立着一座狭窄的老房子。橱窗里有面具，看不见的线下吊着海星，还有贝壳。里面有一个深色木质的柜台，墙上还有更多贝壳和老照片。从铺着红地毯的楼梯上去，可经过一个小厨房，里面的炉子上放着红色搪瓷锅，楼梯一直通到房间，那里有一架钢琴。那幅死人行进图，几乎占据了整整一面墙。一个花瓶里放着罩着灰尘的草束，另一个花瓶上画有一个头骨，戴着一顶女士帽。一本相册里的一张照片上，一位老画家在他家乡小城的破砖烂瓦堆上，一脸茫然。这里是詹姆斯·恩索尔的房子。是那个时代留下的、今天仍然矗立着的仅有的几座房子之一。

可是人呢?

埃贡·埃尔温·基施到纽约后，去了墨西哥，战争结束后又回到纽约，最后回到了他的家乡布拉格。经历两次脑溢血后，于1958年3月31日病逝。人们在葬礼结束时，唱起《国际歌》。六马灵车载着他的棺柩驶过这座城市，交通中断。

亚瑟·库斯勒抵达佛朗哥总部，遭到逮捕，在死牢里关押三个月后被释放。他后来去了伦敦，脱离了共产党，写出了一部划时代意义的“变节书”《日食》(*Sonnenfinsternis*)，1983年3月3日，他同妻子辛西娅一起，选择服药自杀。

1916年11月27日，埃米勒·维尔哈伦去鲁昂做反对德国战争的演讲。演讲结束，他准备登上回程列车时，不幸掉下铁轨，被火车碾过身亡。他的家人拒绝了将他葬入巴黎先贤祠的建议，选择将他葬入比利时阿丁凯尔克镇上的士兵公墓。可是，出于对德军逼近的担心，他的棺木很快被挖出，转到较安全的乌尔菲林根。1927年又从乌尔菲林根迁出，葬入他最终的安息地——他的家乡小城圣阿曼兹。

弗里德里克·罗特（Friederike Roth）在父母移居巴勒斯坦后，从斯泰因霍夫精神病院转到荷兰一家地方精神疗养院。1940年转送至奥地利林茨医院，1940年6月她在那里成为纳粹对残疾人实施安乐死计划的受害者，遭到杀害。

1940年5月德国军队入侵荷兰后，伊姆加德·科伊恩藏匿下来，她体重下降了四十磅，成天喝酒喝个不停，有时被人在大街上看见，有时在酒吧。她想回科隆。她哥哥给一位朋友写道："她的情况能怎样呢？从实际情况看，我很难想象。那些写出来的，有太明显的敌意，难以原谅。令我恐慌的是，对这个轻率鲁莽与真诚追求的奇异混合体，命运会是严酷的。”她到底还是回到了德国。一份纳粹文学杂志上欢庆似的将她自杀的消息传开。但她活着，在德国的土地上秘密地活着。即便是在战争结束后，她仍被读者遗忘了很多年。70 年代末，她才被一位名为于尔根 ·泽尔克的记者重新发现。在她生命的最后三年，还令人惊异地获得了一些文学上的成功。1982 年 5 月 5 日伊姆加德 ·科伊恩去世。

克里斯蒂娜 ·格劳托夫的生活就像一部小说，她有过很多丈夫、很多情人、很多朋友。1974 年 8 月 27 日，她在她墨西哥城的公寓去世，她走得很安详，正在她床上蹦跳的小孙女克里斯蒂娜，一点儿都没有察觉。去世前不久她写下了自己的人生故事。在她临终的床上还留下一张纸条，上面用英文写着:“我用所有心血和汗水来写我自传的唯一原因是……”

维利 ·明岑贝格 1939 年 3 月被德国共产党开除出党。1940 年 5 月，他主动接受关押。关押地原为巴黎科隆布体育场，两年前那里还举办了世界杯足球赛。他希望的是，能被很快转送到法国南部。但未能如愿，他同其他在押的流亡者，如利奥波德·施瓦茨席尔德[1]、出版商库尔特·沃尔夫[2]，被引渡到里昂附近的仲巴弘（Chambaran）地区。6月21日他只身逃离。10月17日，人们在沙尔梅（Charmes）附近的树林里，发现了他脖子上套着绳子的尸体。他大概死于这年6月21或22日。

奥托·卡茨（Otto Katz）一生致力于党的事业，是捷克斯洛伐克共产党的重要建设者之一，1952年他与许多为犹太人的同志，被当局判处死刑。据说，他的骨灰被加入防滑碎石粒里，撒到了布拉格冬日街头的雪地上。

尽管受到国际社会的抗议，埃德加·安德烈[3]于1936年11月4日仍被处以斩首极刑。为此，汉堡

---

[1] 利奥波德·施瓦茨席尔德（Leopold Schwarzschild，1891—1950），德国政治学家，社会学家。——译者注

[2] 库尔特·沃尔夫（Kurt Wolff,1887—1963）,德国出版商。——译者注

[3] 埃德加·安德烈（Etkar André，1894—1936），德国共产党政治家。——译者注

福尔斯布特监狱的5000名犯人举行了抗议活动。在秘密警察盖世太保的命令下，尸首不得不在严格保密状态下埋葬。

斯蒂芬·茨威格和洛特搬到巴西山城彼得罗波利斯（Petropolis）的一座小房子里。在这里，斯蒂芬·茨威格完成了他《昨日的世界》，并继续写他的《象棋的故事》(*Schachnovelle*)。

1942年2月22日，他以遗书向世界告别，遗书上标有葡萄牙文“Declaração”——“说明”一词。他写道：“我要向我所有的朋友问候！希望他们在漫漫长夜之后，仍能看到黎明的曙光！可对此，我没有耐心，先他们而去了。”遗书中他没有提及洛特，人们也没有找到她的遗书。

活得最长的是赫尔曼·凯斯滕。他成为美国公民，住在纽约。后来在罗马生活，最后在瑞士巴塞尔辞世。年轻的德国作者对他并没有很多兴趣。

四七文学社的领导人汉斯·维尔纳·里希特[1]，

[1] 汉斯·维尔纳·里希特（Hans Werner Richter，1908—1993），德国作家。——译者注

本来不希望有流亡者出现在他的文学社里，不过，有一次还是邀请了凯斯滕和汉斯·萨尔[1]。后来，这个里希特——前纳粹国防军士兵在日记中写道，这是一个错误，“这两位都无法容忍批评，两人都很敏感，蠢笨而虚荣，作为犹太人期待感受前德国军人内疚的情结”。在一篇 1965 年德国文学回顾中，凯斯滕自己也对年轻德国作家抱怨道：“对以前的流亡作家存在着某种不宽容，他们好像不再属于德国文学，好像被隔离于某个特定的生活区。当然，一小部分尚健在的流亡作家还是相当敏感的。”凯斯滕于 1996 年去世，享年九十六岁。

詹姆斯·恩索尔，1949 年 11 月 19 日在他的家乡去世，享年八十九岁。他的墓立在奥斯坦德的沙丘公墓里。从那里，人们可以眺望美丽的大海。

[1] 汉斯·萨尔（Hans Sahl，1902—1993），德国流亡文学作家。——译者注

致谢

首先，我要感谢马塞尔·莱希-拉尼斯基，我与他很多次谈到约瑟夫·罗特和斯蒂芬·茨威格，就在这本书刚刚完成之际，他却离开了人世。

我还要感谢奥利弗·马图舍克，为他提供的全部斯蒂芬·茨威格的生平资料；感谢洛特·奥特曼的侄女埃娃·阿尔贝曼，为那天在莱比锡的一家咖啡馆，金红色壁纸下同她的谈话；感谢赖纳·约阿希姆·西格尔，为他慷慨赠送的罗特资料；感谢加布里埃莱·克赖斯，为她那本漂亮的有关伊姆加德·科伊恩的书；感谢格哈德·冯·霍费，为他的海德堡罗特研讨会，还感谢他早早把我送到马尔巴赫小镇，读保存在一个绿盒子里的约瑟夫·罗特信件；感谢迈克·吕策勒，在那个多风的冬季，任命我主持他的大卫·博森[1]研讨会；感谢阿尔贝特·奥斯特迈尔和维尔纳·富尔德，为他们关于托勒的女神的那本书。在这里还要一并感谢的是：尤利娅·齐默尔曼、托比亚斯·吕特尔、安东尼奥·鲍姆、马克西姆·比勒、黑尔格·马尔肖、弗兰克·席尔马赫、乌拉·布吕默、霍斯特·魏德曼、雷娜特·魏德曼、马蒂亚斯·兰德韦尔、安格利卡、斯特凡、格奥尔格·勒夫、安内克·勒夫、奥拉夫·彼得森、诺拉·哈勒尔、罗伯特·文特普、弗洛伦蒂娜·巴歇豪斯、马丁娜·纳格尔、路易丝·施里贝尔、里瓦尔特·托德、罗尔夫斯·魏德曼、比伊特·魏德曼和所有《法兰克福汇报》周日文艺副刊的作家，尤其是曼施、弗朗茨、伊德和弗莱雅。

---

[1] 大卫·博森（David Bronsen，1926—1984），罗特传记作家。——译者注